KB262137

生은 다른 곳에

生은 다른 곳에

려 강 기 행

| 김보경 지음 |

북하우스

잊을 만하면 소식이 왔다.
바람 같았다.
'알수없는번호임' 이라고 쓰인 채
울려대는 휴대폰의 발신지는 그곳이었다.
더이상 쓰지 않는 메일함을 몇 달 만에 열어보면
스팸메일 속에 그곳에서 온 소식이 있었다.
여행자의 입을 통해서도 바람처럼 이야기가 왔다.
나는 분명 그곳을 다녀온 것이었다.

글을 쓰면서 몇 차례 꿈을 꾸었다. 꿈의 내용은 늘 비슷했다. 나는 설렘과 기대에 사로잡혀 익숙한 그곳의 거리를 달리고 있었다. 그리고 반갑게 들어선 문, 낯선 사람들뿐이었다. 황망하게 돌아서기도 했고, 물어 물어 전화를 넣고 어느 골목에선가 튀어나올 누군가를 기다리기도 했다. 하지만 끝내 아무도 만나지 못하고 잠에서 깼다.

나는 두려움에 사로잡힌 것이 분명하다. 하지만 나는 떠나지 못한다.

생활인으로 살아야 하는 운명과 대한민국의 평범한 여성이 짊어진 일상의 견고함. 나는 다른 생으로 떠날 엄두를 내지 못한다.

그래서 다른 생을 꿈꾸지만 떠나지 못하는 사람들과 이 책을 나누고 싶다.

그리움이 있다는 건 다행한 일이다.

결국 구름의 남쪽으로 갈 것이다.

2003. 6.

김보경

차례

떠남

'아무 것도 하지 않아도 되는, 어디도 가지 않아도 되는, 소감이나 감동을 강요하지 않는, 웃고 싶을 때 웃으면 되는 빈둥거림.' 내 여행의 목적은 이것이었다. 여행 가서 할 일:

기상 후 조깅, 조깅 후 시장 가서 밥 먹고, 시장 아줌마들과 수다 떨기, 낮잠 자고…… 늦은 점심 겸 저녁 후 책 읽기, 밤 되면 가벼이 술 한 잔.

생은 다른 곳에

앓고 앓다가 지칠 테고 야윌 테고 그러다가 무덤까지 묻어갈 권태. 권태가 질병처럼 찾아들었다. 문득 정신을 차려보니 그랬다. 벚은 대지에 꽃을 바쳤고, 낙엽송의 새순은 대지를 빨고 있는 4월, 권태에 빠진 이가 봄 속에서 앓고 있었다. 문득 정신을 차려보니 그랬다.

펙 여러 해 전, 그러니까 내가 아직 이십대 중반이던 시절 나는 그런 일기를 썼었다. 그 무렵의 내겐 떨림도, 분노도, 설렘도, 그리고 질투와 용기도 없었다. 내게는 단지 꼬박꼬박 월급을 주는 안락한 직장이 있을 뿐이었다.

나는 외출이 싫었다.

외출은 내게 아무런 흥분을 주지 못했다. 나는 퇴근하면 곧바로 집으로 들어갔다. 그리고 주린 배를 채우기 위해 배춧국을 먹었다. 어떤 날은 된장을 풀고 끓였고, 어떤 날은 잘게 썬 배추를 들기름에 볶다가 물을 부었다. 그리고 약간의 고춧가루를 풀었다.

나는 걸려오는 전화가 싫었다.

전화를 통해 들려오는 남성의 목소리, 나는 그들 중의 누군가를 만나기 위해 분을 바르고 조금은 차려입고 거울을 다시 한번 보고 현관문을 나가야 하는 일이 귀찮았다. 나는 배춧국을 먹으며 전화선을 뺐다.

어느 날, 방바닥에 납작 붙었다. 나의 귀도 방바닥에 붙었다. 나는 몸의 세포 하나하나가 내는 소리를 들어보려고 모든 정신을 나의 세포에 집중했다.

"아팠으면 좋겠어. 앓는 일에 열중하게 되는 것도 좋을 것 같아."

몹시 앓고 싶어진 나는 벌떡 몸을 일으켜 냉장고에서 오래된 가래떡을 꺼냈다. 군데군데 검은 곰팡이가 있었다. 나는 그 떡을 전자레인지에 돌려서 우걱우걱 먹었다. 그리고 다시 바닥에 납작 붙었다.

그날이었던가, 나는 터널을 생각했다. 터널 속. 너무 길어서 끝이 보이지 않는 터널, 얼마나 빠져나가야 하는지 어림할 수 없는 터널.

"내가 지금 터널 속에 있는 거로군."

나는 내가 홀로 터널 속에 들어 있다는 생각을 했다. 터널 밖에
는 푸른 하늘도, 너울 구름도, 푸른 잎사귀가 내는 시원한 소리도
있을 터였다. 숨구멍으로 스며드는 바람에 몸을 맡길 수도 있을 것
이었다.

터널 속에 있다는 것을 깨달았을 때 나는 몹시 살고 싶어졌다.
나는 터널의 끝을 볼 때까지 살아남고 싶었다. 권태의 터널, 나는
그곳을 빠져나가 숨구멍 속으로 스며드는 바람에 몸을 맡기고 싶어
졌다. 내 권태의 터널이 끝나는 곳까지 걸어 나가기 위해 나는 살아
남는 법을 모색해야 했다.

'생은 다른 곳에'

나는 랭보의 시구에서 방법을 찾았다. 살아남기 위해 '어디에
선가 보낼 한철'을 모색했다. 배춧국으로 연명하며 하루하루를 보
내고 있는 비루한 내 일상을 벗어나 반짝반짝 빛나고 있을 생(生)을
생각했다.

'어디에선가 보낼 한철'에 대한 기대와 설렘으로 어두운 터널
속 일상을 버텼다. 의식의 형태는 존재하나 의식의 내용은 존재하

지 않는 사람으로 기나긴 동면기를 보내고, 대지를 빨아들여 푸르게 변해가는 봄날이 오면 나도 새로운 기운을 빨아들이며 몸을 추슬렀다. 그리고 여름이 돌아오면 어딘가에서 반짝반짝 빛나고 있을 무언가를 찾아 길을 나섰다.

그것은 권태의 터널 속에 갇힌 내게 은밀한 환풍구였다. 조금씩조금씩 스며드는 빛을 따라 기어올라가 손톱처럼 작은 구멍으로 푸른 하늘을 훔쳐보는 놀이였다. 어디선가 날아든 꽃잎 한 장이었고, 지난밤에 꾼 꿈이었다.

그리고 많은 시간이 흘렀다.

터널 속에서 살아남는 법을 익힌 나는 더이상 터널이 두렵지 않았다. '유레일에서 보낸 한철' '산사(山寺)에서 보낸 한철' '황허(黃河)에서 보낸 한철' '베이징(北京)에서 보낸 한철'……나는 퍽 많은 한철을 수집하게 되었다.

리지앙 가는 길

'윈난(雲南)에서 보낸 한철'을 가지고 싶었다.

환주공주가 황궁에서 말썽을 부리면 언제나 도망가려던 곳, 윈난. 나는 그곳에서 한철을 보내고 싶었다. 환주공주가 윈난을 모든 것을 용서받고 안식을 얻을 곳으로 생각했던 것처럼 그곳에서의 한철은 나에게도 모종의 안식을 주리라 기대했던 것인지도 모르겠다. 여하튼 나는 어느 해 7월 윈난으로 떠났고 그곳의 무수한 소수민족 중 하나인 나시족(納西族)의 고성 리지앙(麗江)에서 한철을 보냈다.

리지앙 가는 길

내게 리지앙 가는 길은 구름으로 기억된다.

해발 이천 미터에 걸쳐 있는 고속도로는 연신 구름 속을 넘나들었다. 창 아래 보이는 마을의 반쯤은 구름에 덮여 있었다. 머릿속에서 지도를 그려보았지만 라오스 옆, 티베트의 동쪽 어딘가가 선뜻 그려지지 않았다. 구름에 휩싸여 있는 내가, 지도 위 어디쯤 있는 것일까 생각하는 일은 현실과 비현실 사이를 넘나드는 몽롱함을 내게 주었다.

　슬프게도 나는 보라색 슈트케이스를 들고 리지앙에 도착했다. 그건 분명 슬픈 일이었다. 리지앙은 온통 돌길이었다. 돌을 바닥에 깔아놓은 길, 슈트케이스의 바퀴는 너무나 덜컹거렸고 연신 돌에 걸렸다. 사람들은 내 가방을 보곤 웃으며 지나갔다. 나는 보라색 슈트케이스가 만드는 소음을 듣고서야 돌로 바닥을 깔은 그 고성(古城)에 대해 아는 것이 전혀 없다는 걸 알았다.

우연한 만남

처음 '윈난에서 보낼 한철'을 각오했을 때, 나는 단지 따리(大理)에 머물 생각이었다.

1. 목적지: 윈난 따리

2. 여행의 목적: 빈둥거림

'무엇인가 해야 하는데, 누군가 만나야 하는데, 어떤 종류의 취미 생활을 해야 하는데, 누군가와 이야기를 나눠야 하고, 제법 빠르게 움직여야 하고, 신문이나 뉴스도 봐야 하고, 웃어주기도 해야 하는, 가끔은 여행도 해야 하는데 빈둥거리는……'

'아무 것도 하지 않아도 되는, 어디도 가지 않아도 되는, 소감이나 감동을 강요하지 않는, 웃고 싶을 때 웃으면 되는 빈둥거림.'

빈둥거림은 두 종류로 나뉜다. 내 여행의 목적은 전자에서 벗어나 후자를 누리는 것이었다.

3. 여행기간: 한 달

4. 여행 가서 할 일: 기상 후 조깅, 조깅 후 시장 가서 밥 먹고,

시장 아줌마들과 수다 떨기, 낮잠 자고…… 늦은 점심 겸 저녁 후 책읽기, 밤 되면 가벼이 술 한 잔

　　5. 준비물: 조깅복 및 조깅화, 『이윤기의 테마별 신화 읽기』 전 5권(이윤기 편역), 『대장장이와 연금술사』(엘리아데 저)

　　6. 여행 체류비: 한화 80만원

　'윈난에서 보낼 한철'은 이처럼 명확한 목적과 일과로 계획되어 있었다.

　　하지만 내 계획은 꼬여갔다.

　　보라색 슈트케이스를 끌고 인천 공항에 도착했을 때까지는 좋았다. 아니 출국 수속을 마치고 윈난항공 비행기가 출입구를 들이 댈 게이트로 나가 앉아 있는 것까지도 좋았다. 나는 여행자가 가지는 가벼운 긴장감과 동경에 휩싸여 시간을 보내고 있었을 것이다. 아마도 다른 사람이 보기에는 '퍽 멍청히 앉아 있군'이었을 나는 그 때 어떤 시선을 느꼈다. 분명 누군가 나를 쳐다보고 있었다.

　　"안녕하세요. 저 보경이에요."

　　그 시선을 보낸 사람은 나의 먼 친척이었다. 나는 거기서 몇 촌 수 건너뛴 친척을 만났다.

　　"그래, 그나저나 너 어디 있나 찾고 있었다."

아빠의 동생뻘 되는, 내가 어렸을 때 아주 가끔씩 우리 집에 들르던 아저씨, 몇 해 전 백두산에서 사왔다는 웅담을 아빠에게 선물하러 왔던 바로 그 아저씨였다.

"상황버섯 좋은 게 있어서 너희 집에 갔었거든, 너 아예 집에도 일 년에 몇 번만 간다며? 그나저나 형님이 이번에 너도 윈난성 간다고 하기에 어디 있나 하고 찾았다. 윈난항공이야 일주일에 두 번뿐이니 분명히 어딘가 있을 줄 알았지."

이야기를 듣고 보니 아저씨는 그 즈음, 쿤밍에서 살고 있다고 했다. 원래 역마살이 있어 스페인이며 남미며 여러 나라를 돌아다녔던 아저씨가 왕래가 자유로워진 이후부터는 중국에서 자리를 잡았다는 것까지는 알고 있었다. 아저씨는 최근 몇 년째 쿤밍에서 목재업을 하고 있다고 했다.

"그래, 어디로 가는 거야? 일행도 없는 것 같네."

"따리에 가요."

"너 시집은 안 가고 돌아다니기만 한다고 형님 걱정이 많으시던데……."

비행기에서 아저씨와 나는 통로를 사이에 두고 나란히 앉았다. 아무 것도 아닌 정말 아무 것도 아닌 나의 여행 계획을 들은 아저씨는 윈난에서의 관광 프로그램을 짜주고 싶어했다. 하지만 나는 쿤밍에 도착하면 단지 호텔을 소개받을 작정이었다. 밤늦게 낯선 공항에서 호텔을 찾아 나서는 불안함에서 벗어나고 싶었던 것이다. 그때 나는 아저씨와의 만남이 다행이라는 생각을 했다.

쿤밍 공항에 도착했을 때, 조선족 두 명이 마중을 나와 있었다. 아저씨 회사의 직원들로 남자는 회사일을 여자는 통역과 살림을 맡고 있다고 했다.

"인사해. 이번엔 조카랑 같이 왔어."

그들은 내 가방을 번쩍 들어서 차에 실었다. 나는 난생 처음 발을 디딘 쿤밍의 어두운 밤길에서 먼 친척을 만나 졸지에 두 명의 조선족 남녀와 어디론가 가고 있는 것이었다. 도착한 곳은 아저씨의 아파트였다.

"호텔로 가고 싶어요. 혼자 있는 게 익숙해서요."

나는 호텔을 원한다고 했지만 아저씨와 조선족 아줌마는 집에 방이 많이 있는데 왜 호텔에 가려고 하느냐고 한사코 나를 붙잡았다.

"오늘은 늦었으니까 여기서 자고 내일부터 호텔에 묵도록 해라."

그것이 윈난에서의 첫날밤이었다.

다음날부터 나는 전혀 예상치 못했던 일과 만남을 겪기 시작했다. 더불어 나의 나른한 여행계획은 야멸치게 무너져내리기 시작했다. 시장에 가서 밥을 먹기는커녕 한성관, 한강식당 등의 대형 한정식집에서 한국에서 지낼 때보다 더 좋은 메뉴의 식사를 했고, 아저씨의 회사와 거래하는 4성 호텔 중옥반점에서 엄청나게 할인된 가격에 묵게 되었던 것이다.

그리고 아저씨는, 공산당 간부이며, 모 대학교수이자, 윈난방송국에서 사회를 보는 리베이를 소개해주었다. 그녀는 나보다 두 살 많은 미혼녀였다. 덕분에 나는 그녀의 차를 타고 쿤밍의 이곳저곳을 다니게 되었다. 그리고 그녀가 사회를 보는 어느 집단의 저녁 파티에 함께 가기도 했다. 몇 명의 가수와 무용수가 공연을 하는 파티였다.

"○○ 집단의 번영을 기원합니다. 오늘 파티를 빛내준 여러분들께도 감사의 인사를 전합니다. 그리고 멀리에서 온 나의 한국인 친구에게도 따뜻한 우정을 전합니다."

리베이는 나를 향해 손짓을 했고, 사람들은 박수를 쳤다. 나는 엉겁결에 자리에서 일어나 꾸벅꾸벅 인사를 해야 했다.

전혀 예상치 못했던 쿤밍에서의 며칠 동안 나는 단 한 명의 배낭 여행자도 만나지 못했다.

독립에 대한 열망

리베이, 그녀는 따리 여행도 자신의 차로 함께 떠나자고 제안을 했다. 쿤밍에서 따리로 가는 도중에 그녀의 부모가 살고 있는데 버섯이 한창이라고 했다. 그래서 아주 귀한 버섯들도 먹을 수 있으니 일주일 정도의 기간을 잡고 함께 여행하자고 했다. 그녀의 아버지는 중국 민족음악에 관한 유명한 학자여서 저술한 책도 수십 권에 이른다고 했다. 그리고 그중에는 교과서로 사용되는 책도 있다고 했다.

"삼일 후면 휴가야. 그때 같이 따리로 떠나자. 너는 긴 시간이 있잖아. 그렇게 빨리 따리로 떠날 필요가 없어. 게다가 혼자서."

멋진 여행이 될 것이 분명했다. 그러나 나는 거절할 수밖에 없었다. 나에게는 아주 명확한 여행 목적이 있지 않은가. 빈둥거림. 그리고 나는 원래 무수리 체질이 아니던가. 그들의 환대와 동행은 내게 지나친 호사였다. 그래서 리베이의 제안을 사양하고 서둘러 혼자 따리로 떠났다.

"안 사장님, 사업은 잘 되시죠? 요즘 따리에 사람들 많이 들어가나요? 제 조카가 왔는데 따리로 간다고 해서요……이 녀석 달랑 혼자 왔는데……그래도 다른 집보다는 안 사장님께 부탁을 해두는 게 좋을 것 같아요. 거기서 한 달 내내 있겠다고 하는데 잘 좀 돌봐주세요. 그리고 혼자 있을 방, 적당한 걸로 잘 부탁드릴게요."

아저씨는 따리의 코리아나로 전화를 했다. 코리아나 아저씨는 이웃의 특별한 부탁을 받고 나를 마중 나왔다. 나는 힘들게 찾아간 나의 여행 목적지 따리에서 손님 대접을 받게 되었다. 좋은 방과 좋은 음식에, 또 공주가 되어버린 것이다. 나는 웃어주어야 했고, 사교적인 대화를 나누어야 했다.

그래서 내 슬픔의 보라색 슈트케이스를 끌고 다시 떠난 곳이 리지앙이었다. 거기서 나는 비로소 반짝반짝 빛나고 있을 무언가를 찾으며 빈둥거릴 독립을 이룬 것이다. 보라색 슈트케이스, 고성을 울리는 보라색 슈트케이스의 소음은 그렇게 생겨났다.

청도 이야기

나시족 특유의 상형문자인 동바문자를 써넣은 옷과 조각품, 그들의 토템과 관련된 장신구. 여러 소수민족의 각종 직조물, 식당과 카페. 리지앙의 그 많은 가게들 속에서 마오뉘얼이라는 소의 가죽으로 만든 가방, 지갑, 장신구 등을 파는 그의 '청도'는 독특했다. 짝사랑은 손으로 칼날을 잡는 일이다. 내가 휘둘러도 상대가 휘둘러도 피 흐르는……. '청도'의 그들과 나, 우리들 중 누군가는 짝사랑을 시작했던 것 같다.

짝사랑, 손으로 칼날 잡기

"여기에서 물건을 팔아주지 않겠니? 정중히 부탁할게."

그가 두 손을 모으고 나에게 말했다.

"나, 중국말 못하잖아."

"혼자 하기엔 너무 힘들어, 여직원이 돌아올 때까지 이틀만 부탁할게."

'청도(靑島)'는 퍽 예쁜 가게였다.

나시족 특유의 상형문자인 동바문자를 써넣은 옷과 조각품, 그들의 토템과 관련된 장신구. 여러 소수민족의 각종 직조물, 식당과 카페. 리지앙의 그 많은 가게들 속에서 마오뉘얼이라는 소의 가죽으로 만든 가방, 지갑, 장신구 등을 파는 그의 청도는 독특했다.

원래 청도에는 사장인 그 외에 두 명의 직원이 있었다. 그와 함께 상품을 만드는 평과 여직원. 마침 평은 체인점을 내는 일로 쿤밍으로 떠났고, 여직원은 어머니가 병이 나서 세 시간 거리의 고향으로 돌아갔다. 그로부터 열흘이 지나고 나서야 여직원은 돌아왔다. 나는 제법 긴 나날 동안 청도에서 장사를 해야 했다.

짝사랑은 손으로 칼날을 잡는 일이다. 내가 휘둘러도 상대가 휘둘러도 피 흐르는…….

먼저, 그의 가게를 도와달라는 말을 들을 만큼, 그와 가까워지게 된 계기를 이야기했어야 했다.

나는 리지앙, 사쿠라 카페에서 한국학생 롱을 만났다. 막 난징대학으로 연수를 왔는데, 학기 시작 전이라 여행부터 한다는 중문과 학생이었다.

다행히 말이 잘 통했고, 벗삼아 리지앙을 구경하게 되었다. 그리고 청도도 롱과 함께 발견하게 되었다.

첫눈에 반함.

우리는 둘 다 청도에 반했다. 롱은 수제 가죽지갑에, 나는 그곳에서 일하는 사내에게……하지만 지갑은 너무 비쌌고(장지갑 80위안, 반지갑 50위안), 사내는 너무 거만했다.

우리는 지갑 가격을 깎아보려고 여직원에게 흥정을 붙였다.

"이 가게는 정가제야. 그리고 나는 힘이 없어. 우리 사장과 이야기해."

하지만 우리는 정가제라는 중국에서는 들을 수 없었던 말만 들었고, 우리에게 눈길 한 번 안 주고 책만 보고 있는 사내의 옆얼굴을 힐끔거려야 했다. 가게에서 물러난 후 롱은 기필코 가격을 깎아서 지갑을 사겠다는 결연한 의지를 보였다.

"그렇게 분위기 있게 거만한 남자는 처음 봐. 홍콩영화 같아."

나는 기필코 그 가게 사람들과 친해보리라는 의지를 피력했다. 조금 들어간 눈, 긴 속눈썹. 나는 사내의 얼굴 옆선에 매혹되어 있었던 것이다. 그후로 우리는 수시로 하루에도 몇 번씩 틈만 나면 그 가게를 들락거리며 징징거렸다. 그리고 정말, 그곳에선 절대로 누구에게도 가격을 깎아주지 않는다는 것도 알게 되었다. 또, 내가 반한 사내말고 이층에 누군가 있으며 그 사람이 사장이라는 것도 알았다. 우리는 결국 삼일만에 한푼도 깎지 못하고 그냥 지갑을 살 수밖에 없었다. 그리고 롱은 따리로 떠났다.

홀로 남은 내가 제일 먼저 찾아간 곳은 청도였다.

아니 찾아갔다기보다는 그 길을 지나갔다는 것이 정확할 것이다.

나는 지나가고 있었고, 여점원과 인사를 하게 되었고, 여점원은 과일을 먹고 가라고 나를 붙잡았고……상황은 그랬다. 가게에 앉아서 여점원과 포도를 먹으며 아마도 나는 청도 사장을 흉봤을 것이다.

"조금도 안 깎아주는 거 너무 해. 그리고, 여기 남자들 둘 다 너무……무서워."

그리고 나는 그들의 뻣뻣한 말투와 무표정을 흉내냈을 것이다. 여점원은 나를 흉내내며 웃어댔다.

그때 갑자기 이층에서 발이 쑥 나왔다. 내가 반한 사내가 사다리를 내려오기 시작했다.

"뭐가 무서워~~~~~남자 친구는 어디 가고 오늘은 왜 혼자니?"

또다른 남자의 소리, 사장이 이층에서 고개를 내밀고 예의 그 무표정으로 말을 했다.

"따리로 갔대요……남자 친구 아니래요……리지앙에서 처음 안 거래요."

여점원이 나에 대한 이야기를 부산히 했다.

그들이 막 깨어나려던 낮 11시쯤, 내가 신나게 수다를 떨어 그들을 확실히 깨웠던 것이다. 내가 반한 사내는 느릿느릿 세수를 하고 나가더니, 볶은 국수 한 사발을 먹으며 들어왔다.

"밥 먹었니?"

나는 고개만 끄덕거렸다.

"이거 먹어볼래? 맛있어."

나는 사양했고 사내는 자꾸 권했다. 나는 사내가 먹던 젓가락을 받아 들고 두어 번 국수를 먹었다. 여직원은 내가 사내가 먹던 젓가락으로 먹는 걸 보고 웃었다.

이층에서, 그가 내려왔다. 그곳의 사장. 그는 여전히 무표정했다.

"나 이제 갈게……."

"어디 가? 이제 한국친구도 없잖아. 어디 가?"

"나, 조각 배우러 다니거든, 동바문자 조각하는 거, 이제 수업시간이야."

"그럼 이따 집에 돌아갈 때 또 놀러 와."

그후 청도에 들르는 일은 내 일상이 되었다.

그리고 청도의 그들과 나, 우리들 중 누군가는 짝사랑을 시작했던 것 같다.

돈통도 맡겼나요?

하루에 4000위안

뜻밖에도 장사가 너무 잘됐다. 나는 한국에서 아르바이트 경력도 한 번 없는……정말 장사는 처음이었다. 게다가 눈치로 대충 때려잡아 알아듣는 척하는 것은 내가 생각하기에도 훌륭했지만, 말하기는 도통 늘지 않았다. 280위안(양바이빠)짜리 가방을 늘 180위안(이바이빠)이라고 말했고, 내 발음으로는 10위안(쓰°: 전설음, 혀를 입천장에 붙일락 말락 하는 소리)과 4위안(쓰)의 구별이 안 돼 언제나 말과 손동작을 함께 해야 했다. 베이징에서 왔다는 아저씨는 심지어 내가 벙어리인가 묻기까지 했다. 하지만 내가 홀로 지키고 앉아 있는 가게에 늘 손님은 넘쳐났고 물건은 많이 팔렸다. 하루에 4000위안 정도씩 물건을 팔았다.

너 나시족이니?

리지앙에는 외국인 여행자말고 중국의 각지에서 온 현지인 여행객이 많았다. 비교적 고액인 청도의 물건을 외국인 배낭객들은 좋아하지 않았다. 하지만 현지인들은 열광했다. 손님들은 주로 그런 중국 손님들이었다. 그들에게도 나시족은 생소했기 때문에 나를 중국어를 잘 모르는 나시족 처녀라고 생각하는 경우가 많았다.

정말 한국 사람이야?

내가 아주 간단한 말 외엔 중국어를 전혀 못하는 걸 알고 손님들은 아주 천천히 나에게 많은 질문들을 해댔다. 그들은 내가 한국 사람이라는 것에 대해 놀라워했다. 왜 여기서 장사를 하는지 사장과는 어떤 사이인지 언제 중국을 떠날 것인지 물었다. 그리고 한국 사람들이 좋아하는 디자인, 한국에서 유행하는 걸 골라달라는 주문을 많이 했다. 나는 뻔뻔하게도 아주 오래 전 록커들이 감고 다니던 가죽끈을 한국 젊은이들이 제일 좋아하는 패션이라고 팔과 목에 감아주었다. 그들은 흔쾌히 돈을 냈다.

축구 좋아하니?

충칭(重慶)에서 온 사람들은 내가 한국 사람이라는 걸 알고 나면 늘 이장수 감독 이야기를 했다. 다행히 나는 축구광이기 때문에 충칭 사람들의 방문을 좋아했다. 그들은 늘 한참 축구 얘기로 열을 올리다가 비싼 가방을 사주었다.

한 마디도 하지 않는 사람들

다른 손님들과의 대화를 듣고 내가 한국 사람인 것을 안 남자 손님, 정말 나에게 한 마디도 하지 않는 경우가 종종 있었다. 그들은 대부분 젊었고, 혼자 가게를 찾은 사람들이었다. 입을 꼭 다물고, 숨소리마저도 내지 않고, 오직 손가락으로 물건을 가리키고 지화로 가격을 표시하는 사람들. 나도 역시 입을 꼭 다물고 종이에 가격을 써주어야 했다. 그들이 가게를 나가고 나면 나는 숨이 막혀 심호흡을 해야 했다.

남자 친구야?

가게에는 나 혼자 있을 때가 많았다. 사장은 이층에서 물건을 만들어야 한다고 말했는데 내가 보기에는 컴퓨터 게임을 하거나 우드스톡 DVD를 보고 또 보는 일이 고작이었다. 내 어설픈 중국어로는 감당할 수 없는 손님들이 오면 나는 이층으로 올라가는 사다리에 매달려서 그를 불렀다.

"라오반~~~, 라오반~~~."

사람들은 내 말투를 흉내내며 웃었다. 사람들은 그가 내 남자 친구일 거라고 믿는 듯했고, 엄청난 물리적 거리를 초월한 로맨스를 상상하는 듯했다.

한국 너무 좋아

중국인 여학생들은 내가 한국 사람이라고 하면 내 손을 잡고 팔짝팔짝 뛰기도 했다. 그들은 한류열풍의 배우들 이름을 들먹였고 단지 내가 한국인이라는 이유로 감격했다. 어느 날인가는 퍽 많은 학생들이 찾아와 나를 둘러싸고 정신없이 한국 얘기를 하며 물건을 샀다. 소란하던 아이들이 가게를 빠져나가기 시작했을 때 그들과 함께 왔던 평온한 인상의 아주머니는 가게를 나가면서 나를 다정히 포옹했다. 그리고 귓속말로 "나는 한국에 있는 대학의 교수야"라고 말했다. 사실 내겐 애국심이나 민족애 이런 건 한 톨도 없었는데, 그 아주머니의 포옹은 퍽 따뜻했다.

돈통도 맡겼어요?

가끔은 한국인들도 가게에 들렀다. 한참 물건을 고르다가 가격을 묻는 그들에게 내가 한국말로 대답을 하면 화들짝 놀라기가 일쑤였다. 가끔은 한국인이라고 바로 말해주기도 했고, 가끔은 한국어를 전공한 나시족이라고 장난을 하기도 했다.

“그런데 발음이 너무 정확하다. 나보다 더 정확한 서울 말씨인데……”

“사쿠라 카페말고는 한국인이 하는 가게가 없는 걸로 알았는데 여기 사세요?”

리지앙에는 사쿠라 카페라는 유명한 가게가 있었다. 그곳은 부산 출신의 한국 유학생이 중국 남자와 사랑에 빠져 리지앙에 정착하게 되었다는 소설 같은 사연이 있는 가게였다. 론리플래닛에 소개된 곳이라 언제나 여행자가 많았고, 한국인 여행객들은 그곳을 거점으로 삼아 정보를 나누고 한국 음식도 즐기곤 했다.

어느 날 세 명의 한국인이 가게에 들렀을 때 소낙비가 쏟아부었다. 나는 그들에게 비가 그치면 가라고 의자를 내주었다. 인터넷 여행클럽에서 만난 사람들 열 명이 단체로 여행중이라고 했다. 여행중인 사람들은 누구나 그렇듯이 그 세 명도 자신들의 여행담을 내게 들려주었다. 루구호의 여인들과 설산을 끼고 돌던 협곡의 아찔함, 리지앙의 독특함, 앞으로의 일정과 이런저런 소회를 풀어놓았다. 그들에게 사실은 나도 배낭 여행중인 사람이라는 얘기를 했다.

“돈통까지 다 맡겼어요? 중국 사람들은 사람 쉽게 안 믿는다던데……”

흑백영화

리지앙에는 비가 많이 내렸다.

나는 청도에 앉아서 행인 보는 일을 즐겼다. 총총히 비를 따라 사라지는, 여우비 사이에서 빛나는 여행자의 구릿빛 얼굴. 상상하기 어려울 만큼 커다란 배낭을 지고 묵묵히 걷는 여행자들.

나의 응시가 계속되면 그는 불안한 목소리로 물었다.

"한국이 그립니?"

"아니, 영화 보는 거야, 가게 문짝이 스크린이야."

나는 손가락을 펴서 출입문에 대고 커다란 네모를 그렸다. 세상과 가게가 교통하는 출입문, 그 네모가 내게는 스크린이었다. 나는 매일 흑백영화를 보았다.

어느 날 덩치가 좋은 아저씨 여럿과 짙은 화장의 아줌마 하나가 청도에 들었다. 모두들 이것저것 가격을 물어왔고, 가뜩이나 중국말에 어눌한 나는 그들의 심한 얼화운(어미 끝에 r발음을 붙여 발음을 부드럽게 하는 것. 베이징 사람들은 얼화운을 심하게 쓰는 경향이 있어 이를 두고 베이징 사투리라고 하는 이도 있다.)을 잘 이해하지 못했다. 내가 손짓을 섞어가며 가격을 말해주자 그들은 으레 흥정을 붙여왔다. 사장인 그가 필요했다. 그는 예의 건조한 말투로 깎을 수 없고, 깎으면 팔지 않겠다는 말만 했다.

"너는 벙어리니?"

그들 중 한 아저씨는 나의 버벅거림과 손짓으로 하는 말을 장애로 생각했다.

"아니 한국인이에요……."

그들 중 보스로 보이는 아저씨가 사장의 퉁명함을 나무랐다.

나는 솔직히 그들이 두려웠다. 그래서 최선을 다해 웃으며 그 아저씨의 나무람에 동조했다.

"맞아요. 사장은 너무 퉁명스러워요……제가 봐도 너무 거만해요."

그리고 나는 그의 건조한 말투를 흉내내어 보였다. 흉을 함께 보면서 우애를 쌓는 일은 그들에게도 통했다. 그들은 퍽 많은 물건을 구입했다. 기억하자면 2800위안 정도였던 것 같다. 나는 그들이 가방과 지갑을 수북이 쌓아올릴 때, 행여나 그 물건들을 사지 않고 그냥 나가버릴까봐 속으로는 노심초사했었다. 그래서 최대한 상냥하게 행동하며 그들의 질문에 대답했다.

"너 한국인이라고? 장사 잘한다. 우리와 함께 베이징 가자. 중국은 역시 베이징이 최고야. 며칠 후에 우리와 함께 베이징 가자. 베이징 구경시켜줄게."

"저 베이징 두 번 가봤어요. 한 달 정도 베이징에 머문 적도 있어요."

"그럼……베이징, 나의 가게에서 장사를 하면 내가 돈 많이 줄게."

나는 그 말을 그저 외국인에게 별달리 할 이야기가 없어서 벌이는 농담쯤으로 여겼다.

하지만 그 일행 중의 한 명이 다음날 또 청도를 찾았다. 사장에게는 청도의 물건이 무척 맘에 든다고 베이징에서 동업 형태로 가게를 열고 싶다는 말을 했고, 나에게는 베이징으로 함께 가자는 이야기를 했다. 그리고 그 다음날에 또 청도에 들렀다.

"우린 내일 비행기로 베이징 간다. 너는 리지앙에 오랫동안 있었으니 이제 우리와 함께 베이징으로 갔다가 그곳에서 한국으로 돌아갔으면 좋겠다."

나는 청도에서 보는 흑백영화를 좋아했기 때문에 그들을 따라
나설 이유가 없었다.

관먼(關文) 시간

홍성거림.

운하를 타고 흐르는 불 밝힌 연꽃, 끝없는 여행자의 행렬, 그들을 부르는 호객꾼들. 가게마다 늘어서 흔들리는 홍등. 어디선가 흘러나오는 나시족의 음악.

밤의 홍성거림.

청도의 밤도 마찬가지였다.

여자 친구에게 줄 지갑을 고르는 청년도, 어느 지방 사투리를 쓰는 단체 여행객의 달뜸도, 기름진 중년의 팔짱을 끼고 모든 가방을 매어보는 쓰촨(四川) 기생의 도도함도 홍성거리기는 마찬가지였다. 청도에 앉아 있으면 그 홍성거림 탓에 시간도 고여버려, 대체 밤이 얼마나 깊었는지를 느낄 수가 없었다.

내가 묵는 아량객잔의 관먼 시간은 11시 반이었다. 사장은 11시가 좀 넘으면 가겟문을 닫았다. 그때까지도 손님이 가게 안에 있는 날이면 청도의 맞은편에 있는 베지테리언 식당 '블루페이지' 의 사람들에게 가게를 부탁하고 함께 길을 나섰다.

아량객잔 가는 길.

흥성거리던 상점 거리를 벗어나 골목골목 한참을 걸어 올라가면 지붕 위에 올라앉은 새모양의 기와만이 잠잠하게 하늘을 향하고 있는 길이 나왔다. 그렇게 몇 모롱을 지나고 나면 주택가에 자리잡은 아량객잔이 나왔다. 그 길을 함께 걸으며 가끔은 다른 가게를 기웃거리기도 했고, 화장지 따위를 사기도 했고, 콜라를 마시기도 했다. 아무 말 없이 걷기도 했다. 가끔은 총총히 걸어가는 내 뒤를 조용히 따르기도 했다. 그리고 문을 닫으러 나온 객잔의 주인에게 인사를 하기도 했다.

"너는 한국과 리지앙 중 어디가 더 좋니?"

"둘 다 좋아."

"한국에 사는 것과 여기 사는 것 어느 게 더 좋아?"

"너무 달라서, 한국에서의 내 생활과 이곳의 생활은 너무 달라서 어느 것이 더 좋다고 얘기할 수 없을 정도야, 완전히 다르거든."

"너 여기에서 계속 살아도 돼."

"난 한국에 가야 해. 나는 한국에 일이 있어. 나는 돈을 벌어야만 먹고살 수 있어."

"넌 한국의 일을 버려도 돼. 우리 가게에 있으면 필요한 돈을 내가 줄 거야."

그는 내 콜라 값과 화장지 값을 계산했다.

오토바이 여행

리지앙에서 가장 큰 오토바이는 사장의 것이었다.

"한국에 할리 데이비슨 많이 있니?"

수백년이 넘는 시간 동안 길바닥에서 반들거리고 있는 돌, 그 위에 역시 반짝이며 서 있는 오토바이.

"롱티엔쓰(龍天寺)에 가자."

어느 날 아침. 사장은 블루페이지의 여직원에게 가게를 부탁했다. 블루페이지는 두 명의 남자가 동업을 하는 가게였는데 여직원도 한 명 있었다. 괄괄한 성격의 그녀는 청도에 자주 오기도 했고, 내가 말을 못해 버벅거릴 때면 씩씩하게 물건을 팔아주기도 했다.

"잘 다녀와."

그녀는 웃으며 손을 흔들었고, 오토바이는 돌길 위에서 덜커덕거렸다. 고성을 벗어나 아스팔트 위로 들어서자 오토바이는 굉음을 냈다.

롱티엔쓰 가는 길은 구름 없는 하늘과 유채꽃밭이었다.

나는 온통 원색인 그 길을 달리며 어느 영화의 여주인공처럼 팔을 옆으로 벌리고 소리를 질러댔다.

사하촌 입구에는 몇 명의 현지 여행객이 보이기도 했다. 우리는 오토바이를 주차하고 걷기 시작했다. 그곳은 리지앙과는 또다른 느낌의 시골이었다. 리지앙의 운하들처럼 집 앞에는 물이 흐르고 있었는데 리지앙과는 달리 물이 맑았다. 그리고 집 마당에는 높다란 나무에 구멍을 여러 개 뚫은 것들이 일정한 간격으로 빼곡이 서 있었다.

"저건 뭐야? 한국에는 없는 거야."

그는 각각의 구멍에 곡식을 꽂아서 말리는 도구라고 설명을 해주었다.

롱티엔쓰에는 몇 개의 작은 호수가 있었는데 주지 스님의 설명에 의하자면 용이 그곳에 살다가 승천했다는……그리고 제법 복잡한 전설이 깃들여 있는 것 같았다. 서쪽의 호수는 어떻고, 동쪽의 호수는 어떻고 하는 주지의 설명. 현지 여행객들은 설명을 들으며 연신 절을 했다.

사장과 나는 절 뒤의 작은 산을 올랐다. 아니, 사장이 절 뒤의 작은 산을 오르기 시작했고, 나는 길이 없어 보여서 올라가기 싫었지만 어쩔 수 없이 따라가기 시작했다가 보다 정확할 것이다. 여하튼 작은 산을 오르게 되었고, 몇 개의 바위가 있는 둔덕에 앉게 되었다. 그는 산 아래 보이는 마을을 가리키며 이야기를 시작했다. 여기의 물이 어떻게 흘러 어디로 가고 리지앙은 또 어떻게 하여 만들어지고……그리고 자신에 대한 이야기도 시작했다. 아버지는 나시족이고 어머니는 백족(白族)이라는 이야기도, 누나는 선생님이고 매형은 리지앙의 판사라는 이야기도, 몇 살 때 무슨 이유로 이곳을 떠났었는지 어디에서 기술을 배워 가방을 만들게 되었는지도, 자신이 가본 곳, 나이, 어떤 꿈을 꾸는지도 이야기했다.

"너 내 말 알아듣니?"

나는 고개를 끄덕였지만 내가 알아듣는 내용은 '아마도 그런 내용을 나에게 말하는가 보다' 라는 것이었다.

산에서 내려와 마을을 걸으면서 그는 나의 사진을 몇 장 찍었다. 어느 집 마구간에 매어진 말 옆에서 한 장. 곡식을 걸어 말리는 나무를 배경으로 한 장. 다리 위에 걸터앉아 한 장. 마침 마을 사람으로 보이는 남자가 지나갔다. 그는 그 남자에게 사진 찍는 것을 부탁하고 다리의 난간에 걸터앉은 내 옆으로 왔다.

"이 얼 싼."

그는 내 어깨를 감싸 안았다.

이웃들

　　리지앙에서 머무는 날이 길어지면서 나는 많은 사람들과 아침저녁으로 인사를 나누게 되었다. 아침 끼니를 위해 나시바바를 사던 화덕 앞에서 만난 아줌마와도, 바닥이 납작한 샌들의 떨어진 끈을 꿰매어준 아저씨, 작은 문방구 앞에서 뜨개질을 하고 있던 여자, 쌀국수집 초등학생 딸아이와도 늘 인사를 나누게 되었다. 그리고 여러 이웃을 사귀게 되었다. 청도의 주변 가게 사람들과, 사장의 친구들, 그리고 그의 누나.

은방 아저씨

　　청도 바로 옆에서 은방을 하는 아저씨, 키가 크고 배가 많이 나왔다. 눈과 입도 크다. 아저씨는 따리가 고향이었고 따리 출신답게 백족이었다. 윈난성 여러 소수민족의 축제인 훠바지에 때는 고향인 따리에 다녀왔다.

　　은방에 손님이 없을 때면 우리 가게에 와서 나와 수다를 떨었다. 아저씨는 종종 나의 말투를 흉내내며 여자처럼 말하기도 했다.

어느 날인가는 한국 돈을 보여달라고 해서 그 다음날 만원짜리를 가져다 보여주었다.

"이거 나랑 바꾸자. 중국돈으로는 얼마야?"

"한 70원 정도 되려나."

"큰돈이구나. 내년에는 작은 돈 가져와서 나에게 선물로 줘."

블루페이지 남자들

두 명의 블루페이지 남자들, 이십대 중반의 나시족인 그들은 늘 유쾌했고 킬킬거렸다. 얼굴이 흰 사람은 꽁지머리를 묶고 늘 하얀 티를 입었고, 맥가이버 머리를 한 사람은 얼굴이 검고 쌍꺼풀이 진했다. 그들은 손님이 없을 때면 청도의 이층에 올라가 컴퓨터 게임을 했다. 키득거리는 그들의 소리, 그리고 내가 이층에 있는 물건을 내리려고 하면 당황하던 목소리, 어쩌면 그들은 인터넷으로 음화를 보고 있던 것인지도 모르겠다.

베지테리언 식당인 블루페이지의 주메뉴는 야채피자, 버섯볶음밥, 으깬 감자와 야채를 섞어 속을 채운 햄버거 등이었다. 그들의 음식은 아주 맛있었지만 주방은 너무나 더러웠다.

"야, 진짜 너무 더럽다. 병 걸리는 거 아냐."

"뭐가 더럽다고 그래, 음식은 깨끗해."
"이 주방을 보면 아무도 블루페이지에 안 올 거야."

어느 날인가 비가 많이 내리던 날 밤, 전기가 일제히 나갔다. 어둠 탓에 손님을 받을 수가 없었다. 우리들은 블루페이지에 모여 앉아 촛불을 밝혔다. 블루페이지 남자들은 통기타를 들고 노래를 부르기 시작했다. 어둠 속에서 갈 곳을 잃고 헤매던 여행자들이 블루페이지의 테이블을 채웠다. 우리는 꽤 오래도록 노래를 불렀다.

불법복제 아가씨

불법복제의 천국이라는 중국, 리지앙에도 시디 가게가 많았다. 청도에서 가까운 곳에도 커트 코베인과 짐 모리슨의 얼굴이 그려진 음반 가게가 있었다. 그곳에는 늘 서양인 여행자가 많았다.

시디의 비닐을 벗겨내 음악을 들어보고 살 수 있는 곳, 어제 산 음악이 맘에 들지 않으면 오늘 다른 것으로 바꿀 수 있는 곳. 그곳의 아가씨는 키가 작고 머리도 짧았다. 한 스무 살 남짓 되었으려나……내가 매일 가게 앞을 지나다니자 어느 날은 짧은 인사를 건넸다.

"이곳에서 음악을 들어도 될까?"

가볍게 고개를 끄덕인 그녀는 내게 작은 의자를 주었다. 나는 몇 개의 시디를 골랐고 그녀는 내가 고른 시디를 틀었다. 나는 그녀가 준 작은 의자에 앉아서 눈을 감고 음악을 들었다.

나는 청도에 손님이 없거나, 점심 식사 후 나른할 때, 무언가가 그리울 때 그녀를 찾아가 음악을 들었다. 콜드플레이, 샤데이, 다이도, 디프 포리스트.

식당집 딸

그녀는 고3이었다. 공부를 잘한다는 그녀는 세 곳의 대학을 놓고 저울질중이었다. 말하자면 그녀는 곧 리지앙을 떠날 사람이었다.

중국 음식과 나시 음식을 파는 그녀의 집은 리지앙의 큰 운하가의 홍등을 많이 늘어뜨린 식당이었다. 사장은 나와 함께 점심과 저녁을 먹었는데 늘 그녀의 집에서 음식을 배달시켰다. 그들은 내가 어떤 음식을 좋아할까에 대해 이야기했다. 나는 그들이 골라주는 음식을 모두 좋아했다. 나는 리장빠바에 요리를 얹어 먹는 걸 좋아했고, 진심으로 맛있다고 생각했다. 그들 덕분에 나는 아주 다양한 나시 음식을 먹어볼 수 있었다.

"왜, 무슨 기분 나쁜 일 있니? 고향 생각하니?"

"아니, 말을 못해서 입이 답답해. 말을 하고 싶어. 요즘은 한국 사람도 안 오네."

사장은 그녀를 불렀다. 그리고 그녀에게 나와 영어로 대화를 나누라고 했다. 제법 영어를 잘하는 그녀는 나에게 이것저것을 물었고 나는 어설픈 몇몇 단어로 대답을 했다. 그러다가 뜻밖에도 그녀와 나의 공통점을 발견했다.

"클루이베르트."

그녀는 축구를 좋아했고, 티브이에서 중계해주는 유럽프로축구를 좋아한다고 했다. 우리는 둘 다 클루이베르트 팬이었다.

"그의 얼굴은 너무 귀여워……."

사장의 누나

사장도 키가 컸지만 그녀의 누나는 진짜 큰 여자였다. 아마도 학생 때는 무슨 운동 선수였다고 하는 것 같았다.

그들은 내가 알아들을 수 없는 나시어로 대화를 나누었다. 나시어는 어떻게 들으면 마치 싸우는 소리 같아 그들의 언성이 높아지자 슬그머니 집으로 돌아가야 하는 건지 계속 남아 있어야 하는 건지 고민이 될 정도였다.

아마도 누나는 그가 가게의 이층에서 잠자면서 집에는 거의 들어가지 않자 걱정이 되어서 찾아온 것 같았다. 그리고 내가 누군지에 대해 이야기하는 것도 같았다.

"한국 사람이라고? 언제까지 여기에 있는 거야?"

"이제 좀 더 있으면 한국으로 돌아가요. 쿤밍에서 비행기를 타야 해요."

"잠은 어디서 자니?"

"객잔, 아량객잔이라고 저 위에 있어요."

그녀는 내가 리지앙에서 만난 사람들 중 유일하게 나를 경계하는 사람이었다.

목걸이 아저씨

리지앙에 도착했던 첫날 나는 작은 목걸이를 하나 샀다. 물고기 두 마리를 조각한 나무 펜던트를 실에 꿴 목걸이.

"이건 나시족의 토템입니다."

"그럼 이 물고기는 무슨 뜻이죠?"

"아들 딸 많이 낳고, 부자 되라는 좋은 뜻."

나는 그 물고기 조각이 맘에 들었다. 더욱이 나는 물고기자리였다.

어느 날 아마도 공용화장실로 가고 있던 나를 목걸이 아저씨가
불렀다.

"아직도 여기 있니? 중디엔이나 루구호에 갔다가 다시 온 거
니?"

"그냥 계속 여기 있었어요."

"한 일주일도 넘지 않았나? 뭐하며 지내는데? 한국인들이 또
있니?"

"아뇨, 여기 친구들을 사귀었어요."

"친구, 누군데?"

"저기 아래 청도요, 매일 거기 있었어요."

휘바지에(火把節) 의 밤

하늘나라의 왕이 계속되는 풍요와 기름짐에 나른함을 느끼고 있었다. 하늘나라에는 더이상 그를 자극할 어떤 것도 없었다. 그는 지극한 무료함과 권태에 사로잡혔다. 그러던 어느 날 우연히 눈을 돌려 내려다본 지상세계. 녹색 융단 같은 숲과 붉게 핀 꽃들, 그리고 흘러나오는 노랫소리. 왕은 지상세계가 자신을 권태롭게 하는 하늘나라보다 훨씬 아름답다는 생각을 했고 그 생각은 왕을 극심한 질투에 사로잡히게 했다.

"불태워버려, 저곳을 불태워버려, 내 타오르는 화염을 보며 술을 마시리."

왕은 아름다운 지상세계로 사자를 내려보냈다. 하지만 사자는 그곳의 아름다움에 취해 차마 불을 놓지 못했다.

진노한 왕은 두번째 사자를 내려보냈다. 그 사자 역시 천국보다 아름다운 그곳의 평화에 불을 던지지 못했다. 하지만 그는 그냥 돌아가면 왕이 또다른 사자를 내려보내 결국은 화염에 휩싸인 완전한

종말을 보고야 말 거라는 생각을 했다. 그래서 사자는 묘안을 냈다.

"내가 하늘로 올라가고 나면 골목마다 나뭇단을 쌓아놓고 불을 피우시오. 연기가 하늘 높이 올라가도록 나뭇단 사이에 꽃과 나뭇잎을 꽂아 태우시오. 마르지 않은 꽃과 나뭇잎이 타는 냄새를 맡으면 하늘의 왕도 노여움을 풀 것이오. 적어도 삼일은 불을 피워야 왕이 속을 것이오. 명심하시오, 이곳 전체가 사라지는 것처럼 불과 연기를 피워야 한다는 것을."

"훠바지에 때도 여기에 있을 거지?"
"훠바지에가 뭐야?"
"화이어 페스티벌."

훠바지에는 며칠 동안 준비되었다. 양피 옷을 입은 나시족 할머니들은 나무를 지고 다녔고 집집마다 모두 나뭇단을 준비했다. 꽃을 팔러 다니는 아가씨들도 많았다. 어느 집이든 대야에 꽃이 그득했다. 사람들은 높게 쌓아올린 나뭇단에 꽃을 꽂았고, 실에 꿴 과일이나, 종이로 접은 여러 가지 형상들로 치장을 하기도 했다. 가족 모두를 위해 커다란 나뭇단을 준비하고 아이들을 위해 작은 나뭇단을 따로 준비하기도 했다. 리지앙 사람들은 삼일간 피워 올릴 불의 축제를 준비하느라 매우 바빴다. 삼일간 열리는 훠바지에 동안 사람들은 해가 뉘엿뉘엿 지면 자기 집 앞의 골목에 나뭇단을 세웠다. 나뭇단은 일이 미터의 간격을 두고 계속 세워졌고 불꽃의 길은 끝이 없었다. 아이들은 노래를 부르며 불타오르는 단 위에 꽃잎을 뿌렸다. 할머니는 아이들에게 줄 감자를 구웠다.

우리의 이웃인 식당집 딸이 왔다.
"나무 샀어?"
"아직 안 샀어. 니가 사다줘."
"찐징 것까지 사오면 되지?"
그녀는 나의 것과 사장의 것, 두 개의 나뭇단을 사왔다.

삼일 동안 열릴 불의 축제 훠바지에의 첫날밤이 되었다.
훠바지에의 첫날, 객잔을 나설 때 객잔 마마는 특별한 저녁식사를 준비한다고 일찍 돌아오라고 했었다. 객잔에서 저녁식사를 마치고 청도로 걸어 내려오는 길, 사람들은 어둑어둑해진 골목길 여기저기 불을 피워 올리기 시작했다. 리지앙은 타닥타닥 타들어가는 마른나무 소리와 붉은 꽃잎이 타는 냄새로 물들어가기 시작했다. 청도로 돌아가는 길, 나는 이미 불을 향한 원시적 흥분 상태였다.

"언제 나가? 구경 가야지. 가장 멋있는 데로 가자. 불꽃이 다 보이는 곳으로 올라가자."

그런데 그날따라 너무 많은 손님들이 밀려들었다. 낯설고 오래된 도시의 축제를 보러 몰려든 인근의 여행객이 많아서인지 그날따라 거리에는 많은 중국인 관광객이 북적거렸고 청도에도 그들의 물결이 끊이지 않았다. 나는 바깥 세상을 향한 흥분과 기대로 연신 몸을 들썩였고 밀려드는 손님과 요동도 않고 장사만 하는 사장 때문에 슬슬 화가 치밀기 시작했다.

"이러다 다 끝나겠다."

"괜찮아, 훠바지에는 삼일이야. 오늘은 첫날이잖아."

나는 그의 느긋함이 야속했다. 우리는 꽤 많은 수입을 올리고 아량객잔 관먼 시간이 다가와서야 가겟문을 닫았다. 리지앙의 돌길엔 타고 남은 재들이 수북했다. 재 속에 남아서 아직 반짝이고 있는 불씨들이 나의 마음에 불을 확확 당겼다.

"어디로 가니? 객잔 가는 길이 아니잖아."

사장은 내가 모르는 길을 계속 걸어갔다.

"객잔이 더 멀어지잖아. 이러다가 관먼 시간 지나겠다."

"이리로 가면 남은 불꽃을 볼 수 있어. 아직 끝나지 않은 곳이 있단 말이야."

하지만 우리를 기다리는 건 화려했던 불꽃의 흔적뿐이었다. 낯
설고 인적 없는 길에서 나는 슬슬 두려워지기 시작했다. 많은 서러
움과 공포가 밀려들었다. 하지만 내가 할 수 있는 건 한국말로 투덜
거리며 욕하는 것뿐이었다. 한참을 걸으니 아량객잔 가까운 골목이
나왔다. 그는 가슴을 치며 소리를 지르기 시작했다.

"난 좋은 사람이야. 나는 좋은 사람이라고."

휘바지에의 둘쨋날, 나는 식당집 딸이 사온 나뭇단을 청도 앞
에 세우고 불을 붙였다. 목걸이 아저씨가 나뭇잎을 한 봉지 주셨다.
나는 타오르는 불꽃 위에 나뭇잎을 뿌리며 연기를 만들었다. 완전
한 죽음과 재생의 축제 휘바지에, 리지앙은 또 그렇게 화염에 휩싸
여가고 있었다.

벌금 내는 사회

비는 추적거리며 밤새 내리고도 그치지 않았다. 나는 형광빛이 도는 주황색 우산을 썼다. 흑백의 도시에서 주황색 우산은 동동 떠다녔다. 빗방울은 리지앙의 운하 위로 낙하한다. 나는 주황색 우산을 쓴 채 아치형의 돌다리 위에서 빗방울의 낙하를 응시했다. 어느 집 처마 밑에는 빨간 조끼를 입은 원숭이가 떨고 있었다.

"찐징."

나의 응시를 깬 건 등뒤에서 들리는 청도 사장의 저음이었다.

"어디 가?"

그는 사파리형의 웃옷을 걸쳐 입고 어디론가 가고 있는 중이었다.

"관리국에 가야 해."

나는 그를 따라 나섰다. 빗물에 젖은 돌길은 미끄러웠다. 우리는 상점들이 있는 거리를 벗어나 좁은 골목으로 들어섰다.

골목 입구의 건물에 〈유치원〉 팻말이 붙어 있었다. 고성의 유치원은 고성의 다른 모든 건물들처럼 오래된 이층짜리 기와집이었다. 동화의 나라처럼 뾰족이 솟은 지붕이 없는 유치원이 내겐 생경스러웠다.

관리국에는 많은 사람들이 줄을 서 있었다. 그 긴 줄 속에는 이제는 제법 익숙한 얼굴들도 여럿 있었다. 그들은 그곳에 나타난 나를 보더니 의아한 표정을 지으며 인사를 했다. 나에게 동바문자를 알려주는 선생님이 길게 늘어선 사람들이 향해 있는 건물 속에서 나왔다.

"여긴 어쩐 일이야?"

"친구와 함께 왔어요. 저기 줄 서 있는 사람."

선생님과 나는 관리국 처마 밑에 있는 의자에 앉았다.

"사람들이 많네요. 여기서 뭐 하는 거죠?"

"벌금 내는 거야."

선생님은 영수증을 보여주었다.

"나시 전통옷을 입지 않고 장사를 하면 벌금을 내는 거야. 140위안을 냈어."

건물 안으로 들어갔던 사장이 나왔다.

"저 사람이 너의 남자 친구니?"

나의 동바문자 선생님과 사장은 겸연쩍은 인사를 나누었다.

검은 돌길 위에 떨어지는 빗방울 사이로 발걸음을 내디디며 돌아오는 길에 사장에게 물었다.

"그럼, 이제 나시옷 입을 거야?"

"나는 안 입어. 옷은 내 마음대로 입어."

돌아온 사람들

여직원이 돌아왔다. 병이 난 어머니를 돌보러 고향으로 떠났던 그녀가 돌아왔다.

"고마워, 장사 잘했다면서."

"어머니는 많이 좋아지셨어? 나 여기서 장사하는 거 재미있었어."

"너 사장 무서워했잖아."

"이제 안 무서워, 나한테 잘해줬어. 기침하면 약도 사다주고, 내가 기름통에 옷을 빠트렸는데 세탁도 해다주고. 그는 좋은 사람이야."

"밥은 어떻게 먹었니?"

"사장이랑 같이 먹었어. 그가 밥 사줘서 나 돈을 하나도 안 썼어."

"그렇구나, 나는 도시락 싸서 다녀."

그리고 우리는 그녀의 남자 친구 이야기도 했다. 사쿠라 카페

가 있는 골목에 그녀의 남자 친구가 일하는 식당이 있었다. 주방장
이라고 했다.

"오늘 저녁은 내가 거기서 밥 사줄게. 나 대신 장사해준 거 고
마워서 내가 사려고 해."

저녁에 우리는 그녀의 남자 친구가 일하는 식당으로 갔다. 식
사는 즐거웠고 그녀와 나는 몇 장의 사진도 함께 찍었다.

"사장이 너 좋아하나 봐."

"나는 평이 멋있어. 사실 처음에 평이 멋있어서 가게에 자꾸 간
거야."

그녀는 평에 대해 이야기했다. 그녀의 말에 의하면 평은 나시
족이 아니고 백족이었다.

"평, 여자 친구 없어. 서른 살 되었나. 그런데 그는 가난해. 사
장은 부자잖아."

나는 우리가 먹은 저녁 식사값을 냈다. 그녀는 한사코 말렸다.
자신이 초대한 것이고, 고마움의 뜻으로 자신이 돈을 내야 한다는
것이었다. 하지만 한 달에 400위안의 월급이 고작인 그녀의 형편을
나는 알고 있었다.

식당을 나와서 그녀와 나는 사방가 쪽의 노점으로 구경을 갔
다. 그녀는 팔찌를 사주겠다고 했다. 나는 토속적인 느낌이 나는 팔

찌를 골랐다. 그녀는 너무 촌스럽다고 말하며 반짝이는 구슬을 여러 겹 꼬아 만든 것을 내 팔에 걸었다.

"진짜 예쁘다. 예쁘지? 이런 게 예쁜 거야. 저런 건 옛날 거야."

그녀의 성의를 무시할 수가 없었다. 팔찌를 사고 이런저런 노점을 구경하고 있는데 빗방울이 떨어지기 시작했다. 우리는 두 손을 잡고 청도로 뛰어갔다. 그녀와 나는 젖은 머리를 털어내고 기분 좋게 이런저런 수다를 떨었다. 그때 비와 어두움 속에서 커다란 사나이가 가게에 들어섰다. 머리와 어깨가 비에 젖어 있었다.

쿤밍으로 떠났던 사나이 펑이었다.

펑의 손톱

여직원과 펑이 돌아온 청도, 나는 더이상 장사를 할 필요가 없었다.

쿤밍에서 한국행 비행기를 탈 날이 다가오고 있었다. 나는 따리에 들러서 이삼일 머물고 쿤밍으로 갈 예정이었다. 리지앙을 떠날 날도 얼마 남지 않은 것이었다. 그 즈음에도 여전히 청도에 들러 친구들과 놀았고, 떠남을 준비하느라 나는 분주했다.

펑은 여전히 멋있었다. 가끔 내던지는 말투가 멋있었고, 그러다가 환히 웃는 얼굴도, 말없이 앉아 있는 그의 조금은 들어간 눈도 여전히 멋있었다.

"쩐징, 한국에 남자 친구 있어?"

"내가 좋아하는 남자는 있어. 나 혼자 좋아하는 거라 심장이 아파."

"너를 좋아하지 않는다고? 내가 칼로 푹푹 찔러줄게."

그는 홍콩영화에 나오는 갱과 같은 표정으로 사람의 심장을 찌르는 시늉을 해 보였다.

"평, 왜 새끼손톱을 기르는 거야, 참 길다."

그는 잘 다듬은 새끼손톱을 가지고 있었다.

"이거 잘라서 너 줄까?"

시앙차이(香菜) 씨 구하기

나의 작은어머니는 시앙차이처럼 누린내가 나는 나물을 좋아하셨다. 내가 중국 여행을 준비할 때 작은어머니는 나에게 신신당부를 했다. 꼭 시앙차이 씨를 구해 오라고…… 한국행 비행기를 탈 날이 가까워오자 나는 작은어머니의 부탁이 생각났다. 리지앙에서 따리로 떠나기 전 날, 청도의 여직원에게 시앙차이 씨를 어디에 가면 살 수 있는지를 물었다.

"내 남자 친구 할머니에게 있어. 남자 친구에게 말해서 구해다 줄게."

청도의 사장과 나는 따리로 가는 12시 버스를 예매했다. 서점에 들러 동바문자에 관계된 몇 권의 책을 사고, 그가 골라주는 엽서도 샀다. 그리고 저녁에는 이웃들과 블루페이지에서 작별 파티를 했다. 파티는 절반은 흥겨웠고, 절반은 우울했다. 청도의 사장은 말이 없었다. 나는 은방 아저씨, 블루페이지 사람들, 식당의 딸, 그리고 오토바이와도 기념사진을 찍었다. 다른 날과 다름없이 사장과 나는 객잔의 관면 시간이 다가오자 길을 나섰다.

"짐 많지? 내일 버스 타는 데까지 오토바이로 데려다줄게."

"아냐. 오토바이에 짐과 내가 모두 탈 수는 없어. 객잔의 빠바가 택시 불러준다고 했어. 택시 타는 데까지 객잔 아들이 가방을 들어준다고 했어. 나 혼자 갈 수 있어."

"내일 아침에 시앙차이 씨 받으러 와."

다음날 나는 모든 짐을 정리해놓고, 청도의 여직원에게 시앙차이 씨를 받으러 갔다. 그녀는 없었고, 사장도 없었다. 내가 반한 사나이 펑 혼자 가게를 지키고 있었다.

"시앙차이 씨 가지러 왔는데, 아직 안 나왔나 봐."

"할머니가 안 일어나서 깨어날 때를 기다리고 있대. 씨를 얻으면 바로 온다고 했어."

"사장은 어디 갔어?"

"글쎄……잘 모르겠네."

나는 얼마 동안 청도에 펑과 함께 앉아 있었다. 하지만 사장과 여직원 모두 나타나지 않았다.

"안 되겠어. 이러다가 버스가 떠나겠어."

나는 펑에게 작별을 고하고 객잔으로 돌아가 택시를 타고 버스
터미널로 갔다. 따리 행 버스에서 나는 운전사 옆자리에 앉았다. 모
두 일행이 있는 손님들이었고 내가 앉을 곳은 거기만 남아 있었다.
버스가 떠날 12시가 다가오고 있었다.

그때 커다란 오토바이가 나타났다. 사장이었다. 나는 버스에서
내릴까, 소리를 쳐서 그를 부를까 잠시 망설이다가 그냥 조용히 앉
아 있었다. 얼마 후 사장이 내 머리를 만졌다. 그는 시앙차이 씨를
넣어 꽁꽁 동여맨 비닐봉지를 나에게 건넸다.

처녀 이야기

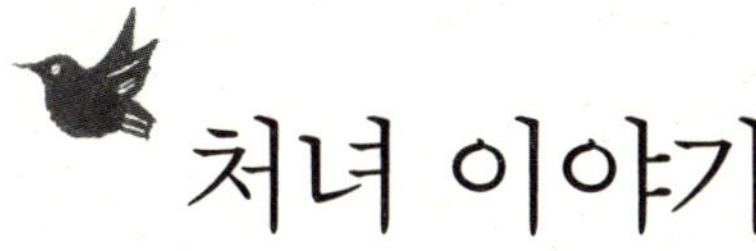

우리는 두 손을 잡고 여인국을 꿈꾸었다. 나는 피리를 불었다. 나에게 칼날을 잡게 했던, 내 손에서 피가 철철 흐르게 했던 남자는 피리 소리에 취해 눈을 감았다. 그리고 걸음을 옮겼다. 그는 검푸른 루구호 호수 속으로 들어갔다. 나는 피리를 놓고 붉은 피가 흐르는 내 손을 루구호에 넣었다.

내 피는 물 속으로 퍼져나갔다.

에스메랄다, 씽(星)

내 친구 씽, 검은머리의 나시 처녀. 그야말로 삼단 같은 검은머리를 가진 스물두 살의 아가씨.

나는 포목점을 하는 그녀에게서 꽃이 나염된 두건을 하나 샀다.

"얼굴이 갸름해서 잘 어울린다. 예쁘다."

"너희 집에는 예쁜 물건이 정말 많구나. 다 마음에 들어."

나는 리지앙에 머무는 동안 매일 한두 시간씩은 그녀와 수다를 떨었다. 그녀는 내게 리지앙에서 일어나는 시시콜콜한 이야기를 들려주었다. 어느 집 남자와 여자의 추문도, 리지앙을 다녀갔다는 알랭들롱의 이야기도 그녀에게서 들었다. 제법 유명한 한국인 카페의 안주인에 대한 평판도 들었고, 어느 가게는 나시족의 것이고 어디에서 장사를 하는 여자는 다른 지방에서 온 사람이라는 이야기와 화려한 옷차림으로 중년 남성과 지나가는 여자들은 대부분 쓰촨 출신 기생이라는 이야기도 들었다. 그리고 리지앙에서 촬영중인 영화

에 대한 이야기도 했다. 둘이 손을 맞잡고 닭발 삶은 육수로 맛을
낸 쌀국수를 먹으러 다녔다. 씽은 물을 많이 마시는 내게 낙타라는
별명도 붙여주었다.

"새엄마야."
씽과 나는 나란히 포목점의 낮은 의자에 앉아 연꽃의 씨를 빼
먹고 있었다.
"그럼 친엄마는?"
"내가 어렸을 때 아파서 죽었어."
씽은 아무렇지도 않게 대답했다.
"그럼 남동생은 누가 낳은 거야?"
"새엄마가 데리고 왔어."
그녀에게는 둥근 얼굴에 머리를 짧게 자른 새엄마와 통통하고
덩치가 좋은 남동생이 있었다. 남동생은 뽀얗고 순한 얼굴이었다.
"아빠는 어디 계셔?"
"쿤밍에 돈 벌러 나갔어. 아주 가끔 집으로 와."
나는 무슨 말을 해야 하는 건지 어떤 표정을 지어야 할지 몰랐
다.
"괜찮아. 나는 늘 이렇게 살았고 아무렇지도 않아."

그녀는 검은머리를 훑어내렸다. 나는 어렸을 때부터 그녀가 혼
자 머리를 감았을 거라는 생각을 했다.

씽의 이상형

"참 예쁜 이름이야. 별이잖아."

그녀의 이름은 외자였다. 씽(星).

"사실 한국에 내가 좋아하는 사람이 있는데, 그 사람 이름도 너와 같아. 그도 씽이야. 스타."

우연히도 그녀는 내게 칼날을 잡게 한 남자와 같은 이름이었다.

"남자 친구 있구나. 지금 한국에 있어?"

"응, 아마 한국에 있겠지. 아니 어쩌면 지금쯤 중국에 있을지도 몰라. 아버지가 쓰촨성에 계셔서 그 사람도 중국 들어와야 한다고 했거든. 하지만 남자 친구는 아냐. 나 혼자 좋아해."

"이리로 오라고 해. 이메일 보내면 되잖아."

"그럼 얼마나 좋을까? 하지만 이건 짝사랑이야. 나는 심장이 아파."

그녀는 나를 안았다. 그리고 내 등을 토닥였다.

"뭐 하는 사람이야?"

"하는 일 없어. 그냥 노는 사람."

웃으며 내 이야기를 듣던 씽의 표정이 굳어졌다.

"안 돼. 잊어버려. 남자는 부지런히 일을 해야 해. 다른 남자를 만나야 해. 그런 남자는 절대로 안 돼."

여자 손님들이 씽의 가게에 들어왔다.

"저 두건 예쁘네."

그들은 내가 쓴 꽃무늬 나염을 가리켰다. 씽은 여자들의 머리에 두건을 씌워줬다.

"이건 전통 약초로 나염을 한 거라 물이 빠지지 않아요. 따리의 나염은 물이 빠지는데 리지앙의 나염은 절대로 물이 안 빠져요. 그리고 이건 약초가 남아 있어 얼굴 수건으로 써도 좋아요. 피부가 고아지죠."

장사하는 씽의 솜씨는 훌륭했다.

"사실 나도 마음속에 좋아하는 남자가 있어."

여자들이 두건을 쓰고 가게를 나간 다음에 씽은 낮은 의자에 앉았다.

"그래? 너는 그와 만나니?"

나는 씽의 고백이 흥미로웠다. 스물두 살 처녀의 연애담은 늘 신선하고 두근거리기 마련이다. 짝사랑에 사로잡힌 사람들은 늘 어떤 징조를 발견하려고 한다. 누군가의 연애담 속에서 자신의 이야기를 찾아내려고 하고, 유행가 가사를 듣고 자신의 미래를 점치려고 한다.

"아니, 나도 짝사랑이야. 그는 내가 어렸을 때 고향을 떠났어."

씽의 눈동자는 반짝였고, 얼굴도 반짝였다.

"그는 쏠저야. 나는 쏠저가 좋아."

씽은 군인의 걸음걸이와 행동을 시범 보였다.

"원래 나시 남자들은 여자들보다 게을러. 여자들이 일노 하고, 밥도 하고, 물도 길어 나르지. 나는 그런 게 싫어. 쏠저는 씩씩하고 박력 있잖아. 나는 그런 남자가 좋아."

"그럼 그 군인 다시 만난 적 있어?"

"작년에 왔었는데, 내 사진을 한 장 가져갔어. 내가 주지 않으려고 했는데 확 뺏어가버렸어."

쓰촨 기생

기름진 중년 남자의 팔짱을 낀 여자. 여자는 짧은 미니스커트를 입었고 몸이 들여다보이는 블라우스를 입었다. 그들이 가게에 들어와서 물건을 보는데도 씽은 눈길을 주지 않았다. 그들은 씽의 물건을 이것저것 들추어보더니 가게를 나갔다.

"쓰촨 기생이야."

그녀는 고개를 가로 저으며 인상을 썼다.

"원래 쓰촨에는 예쁜 여자가 많아. 쓰촨 여자들은 다 예쁘다고 해. 그래서 쓰촨에는 기생도 많아."

씽과 나는 포목점 맞은편에 있는 수양버드나무 그늘에 앉았다. 아기를 업은 여인에게서 커다란 해바라기를 하나 샀다. 아직 물기가 촉촉한 해바라기씨를 한톨한톨 까먹기 시작했다. 나는 팔을 번쩍 들어서 껍질을 뒤로 던졌다. 껍질은 운하에 떨어져 흘러갔다.

"거기다 버리면 잡혀가."

"물도 더러운데……."

나는 내 이 사이에서 알맹이가 말끔히 빠져나온 껍질을 더욱 멀리 던져버렸다. 씽은 웃으며 내 팔을 붙잡는다.

"우리는 저 물을 떠다 쓰거든. 집에 수도가 없어. 뭐 버리는 거 들키면 정말 잡혀간다고."

가끔 길에서 물이 가득한 양동이를 들고 가는 사람을 본 기억이 났다.

"수도 만들면 안 돼?"

"여긴 문화유산이라 공사를 할 수가 없어. 우린 이대로 살아야 해. 습관이 되어서 괜찮아."

그때, 화려한 옷차림에 화장품 향기를 내뿜는 여자가 나타났다. 여자는 키가 작고 머리가 많이 벗겨진 남자의 손을 잡고 있었다. 콤비 상의를 벗어서 팔에 걸쳐든 남자는 연신 웃고 있었고 여자는 가끔씩 몸을 틀어 가슴을 남자에게 붙였다. 씽은 그들이 나타나자 내 옆구리를 찔렀다.

"쓰촨 기생."

그들이 우리 앞을 지나가고 나자 씽은 나에게 소곤거렸다.

"돈 많은 남자들은 다 왜 저럴까?"

어느새 우리는 수양버드나무 아래 벤치에서 쓰촨 기생 찾기 놀이를 벌이고 있었다. 리지앙 거리에는 부적절한 관계로 보이는 연인이 꽤 많이 있었다. 중국인 연인에게도 리지앙은 몽환과 현실 사이를 넘나드는 여행지로 인기를 누리는 것 같았다.

"저 사람들, 저기 키 작은 여자들 뒤에 오는 사람들."

나는 잘록한 허리와 멋진 엉덩이선을 그대로 드러낸 랩스커트를 입은 여인을 지목했다. 씽은 머리를 가로 저었다. 여인과 남자가 우리 앞을 지나갔다.

"쓰촨 기생 아냐. 광뚱 사람들이야."

씽은 광뚱어를 흉내냈다.

럭키

　　"청년객잔 알아? 여자가 주인인데 삼십대 후반인가 아무튼 부자야. 남편은 죽었는지 어디 갔는지 혼자 살았는데, 객잔에 있던 손님이랑 눈이 맞았어. 그 남자 아예 여기 눌러서 살았다니까. 완전 부부고 주인이야. 남자가 더 어린 거 같더라. 난 그렇게 생긴 거 싫은데……그런데 남자가 객잔 주인처럼 굴어서, 돈도 그 남자가 다 받고 그랬다나 봐. 여자가 이제 헤어지려고 해도 남자가 안 떨어지는 거야. 요 며칠 사이에 여자가 몰래 어디로 갔대. 아마 어디 따리나 쿤밍으로 가서 몰래 객잔을 팔려고 하는 거 같아."

　　씽과 나의 수다가 한참 흥미로워지고 있었다.

　　두 명의 여자가 씽의 가게에 들어왔다.

　　"마가 있나요. 잘라놓은 거말고 통째로."

　　그들은 천연 염색이 된 마를 찾았다. 씽에게는 갈색과 황토색 마가 있었다.

"이건 일일이 손으로 짜고 약초로 염색한 거라 비싸답니다."

여자들은 포목점을 여러 군데 돌아다녔는데 씽의 가게 물건이 가장 맘에 든다고 했다.

"색이 참 예뻐요. 어디에다 쓰실 거예요?"

나의 질문에 언니로 보이는 여자가 거실에 커튼을 할 거라는 이야기를 했다.

"멋있을 거 같아요. 여름하고 잘 어울려요."

여자들은 말이 어설픈 나를 흥미롭게 쳐다보았다. 씽은 내가 한국인 친구라는 이야기를 했다. 그녀들은 몇 번 망설이더니 갈색과 황토색을 열다섯 마씩 모두 삼십 마를 주문했다. 씽은 단숨에 몇 천 위안을 벌었다. 두건이나 컵받침 등을 팔아 푼돈을 모으던 씽이 한순간에 큰돈을 쥔 것이었다.

차분하게 한 마 두 마 세어서 물건을 판 씽은 여자들이 나가고 난 후에야 웃기 시작했다. 그녀는 내실에 있는 새엄마에게 달려가서 한꺼번에 벌어들인 돈에 대해 이야기했다.

"진짜 많이 벌었다. 너는 럭키야."

씽의 입가에서는 웃음이 지워지지 않았다. 씽의 얼굴은 계속 상기되어 있었다.

"네가 가게에 있으면 장사가 더 잘되는 거 같아. 너는 정말 럭키야. 매일매일 우리 가게에 와야 돼."

씽의 새엄마도 기분이 좋았다.

우리에게 양고기가 든 커다란 찐빵을 가져다주었다. 씽과 나는 수양버드나무 아래에 앉아서 찐빵을 야금야금 먹었다.

"너 장사하면 부자 될 거야. 네가 있으면 손님이 더 많이 오거든."

나는 아직 흥분이 가라앉지 않은 그녀에게 내가 매일 청도에서 장사를 한다는 이야기를 해주었다. 그리고 내가 마오뉘얼 가죽으로 만든 청도의 물건들을 어떻게 파는지에 대해 이야기했다. 중국어가 어설픈 나로 인해 가끔씩 벌어지는 소동에 대해서도 들려주었다.

"주인이 어떻게 생겼어?"

"키가 크고 말랐어. 얼굴이 조그맣고 좀 생쥐같이 생겼어."

씽은 청도의 사장을 알겠다는 듯이 고개를 끄덕였다.

"오토바이 타고 다니지? 오토바이 무지 크지?"

그녀에게 청도 사장의 오토바이를 타고 롱티엔쓰에 다녀온 이야기를 들려주었다.

"너 좋아하나 보다. 그 사람 무지 부자야. 한국 가지 말고 그 사람하고 결혼해. 리지앙에서 살면 나랑 매일 만나고 너무 좋겠다."

불란서 할머니

늙음은 혈통까지 잠식해 모두 비슷하게 만들어 버린다. 거칠어진 반백의 머리, 주름 속까지 그을린 얼굴, 처진 눈꺼풀과 무너진 턱선, 반듯해지지 않는 등. 검은 원피스를 입은 할머니는 양갈래로 머리를 땋았다. 발목까지 내려오는 원피스 밑으로 발레화처럼 생긴 검은 운동화가 아장거렸다. 국적이 모호해 보였다.

"저 할머니는 어느 나라 사람이지?"

"불란서 사람이야."

"아는 사람이야?"

"우리 옆집 언니랑 친해."

우리는 언제나처럼 수양버들 아래서 재잘대고 있었다. 씽의 말을 듣고 보니 〈연인〉의 여주인공의 양갈래로 땋아 내린 머리가 생각났다. 불란서, 그 여주인공도 불란서 사람이었다.

할머니가 씽의 가게로 들어갔다. 우리도 쪼르르 할머니를 따라 들어갔다. 씽의 가게에는 마 소재의 천에 나시의 상형문자를 그려

넣은 컵받침이 많이 있었다. 할머니는 쪼그리고 앉아서 사각형의 컵받침을 바닥에 쭉 늘어놓았다. 검은 운동화와 하얀 양말 그리고 발목이 치마 밑으로 나왔다.

"이건 무슨 뜻이지?"

"노래 부르는 것."

할머니의 질문에 씽은 냉큼냉큼 대답했다.

"그건 술 마시는 것. 그 옆은 여행가이드."

바닥에 늘어놓기 시작한 컵받침이 스무 개를 넘어섰다. 호도협 옆에 옥룡설산이 놓이고 그 옆에 생육신이 놓여졌다.

"풍요의 신, 이걸 사겠어."

할머니는 오랜 고심 끝에 스무 개가 넘는 컵받침 중에서 하나를 골라 들었다.

"얼마지?"

"8위안."

"깎아줘."

오랜 실랑이가 시작되었다. 씽은 결국 6위안에 한 개의 컵받침을 팔았다. 할머니는 만족한 표정으로 '풍요의 신'을 들고 나갔고, 우리는 바닥 가득 펼쳐친 컵받침을 차곡차곡 모았다.

"나는 장사는 못할 것 같아."

그날 나는 베이징 어느 골목에서 칼국수집을 하면서 살아볼까
하던 생각을 말끔히 비워냈다.

첫 키스

몇 통의 필름을 현상했다. 블루페이지 사람들이 식칼을 들고 사진 속에서 웃고 있었다. 나의 꼬마 친구 화는 아량객잔의 마당에서 춤추고 있었다. 그리고 장동건처럼 생긴 변발의 사나이 옆에서 쑥스럽게 웃고 있는 씽도 있었다.

운하 가에 있는 벤치에서 재잘거리고 있는 우리의 눈에 황비홍 같은 머리와 옷차림을 한 남자가 들어온 날이 있었다. 남자는 잘생겼고 건장했다. 나의 눈은 그의 움직임을 따라 흔들렸다. 그는 어느 식당으로 들어갔고, 활짝 열린 창문 가의 테이블에 앉았다.

"누구야? 너무 멋지다."

"영화배우, 요즘 리지앙에서 영화 찍고 있잖아."

나는 영화라는 이야기에 더욱 호들갑스러워졌다. 가까이 가서 그의 변발을 한 번 보고 싶어진 것이다.

"저 머리 진짜야?"

나는 씽의 긴 머리를 손으로 쥐고 잡아당기는 시늉을 했다. 나는 씽의 손을 잡고 일어섰다. 나는 가방에서 수첩과 볼펜을 꺼냈다.

"사인도 받고 사진도 찍을 거야. 너무 잘생겼어. 저렇게 잘생긴 남자는 처음 봐."

나는 진정되지 않았다. 씽을 끌다시피 해서 변발의 사나이가 앉아 있는 식당의 창문 가로 갔다. 어느새 씽은 나에게서 한 발짝 물러나 수줍게 웃고만 있었다. 나는 씩씩하게 사나이에게 말을 붙였다.

"니하오. 너무 멋있어요. 사인해주세요."

그는 환하게 웃었다. 내가 내민 수첩에 사인을 했다. 하지만 나는 그가 누구인지 그의 이름이 무엇인지 알지 못했다. 그래서 나는 한 번 더 좋지 않은 중국어 발음으로 말해야 했다.

"당신 이름이 뭐죠? 사인 밑에 이름을 적어주세요."

그는 당황한 듯 나를 바라보았다.

"너 나를 모르니?"

"미안해요. 나는 한국인이에요. 당신은 내가 본 남자 중 제일 잘생겼어요."

그는 사인 밑에 '진룽'이라고 써주었다.

우리는 활짝 열린 창가에 서서 변발의 사나이와 사진을 찍었다.

씽과 나는 현상소에서 주는 작은 앨범에 사진을 꽂았다. 리지앙에서 사귄 내 친구들에 대한 이야기를 들려줬다.

"이 식당 주방, 사진에는 안 나왔는데 진짜진짜 더러워."

우리의 재잘거림은 그녀의 가게 앞에 디스플레이 된 유리 목걸이의 달그락거림과 섞였다.

"내 사진도 보여줄게."

씽이 내실에 들어가서 몇 권의 작은 앨범을 가지고 나왔다. 거기에는 씽의 어린 시절과 수줍은 처녀가 맞이하는 리지앙의 사계절이 들어 있었다. 우리는 여전히 바람에 흔들리는 유리 목걸이처럼 달그락거렸다.

"뭔데, 어디 보자. 왜 안 보여주는 거야? 혹시 그 쏠저?"

사진을 넘겨가며 열심히 설명하던 씽이 앨범을 뺏어서 품어버렸다. 나는 그녀를 달랬다. 그녀가 망설이고 망설이다 내놓은 앨범에는 성성하게 수염을 기른 나른해 보이는 인상의 남자가 들어 있었다.

"누구야? 일본 사람 같아."

"일본 사람 맞아."

그 남자는 일본인 가수였다. 리지앙의 어느 카페에서 라이브를 하는 가수. 리지앙에 반한 남자는 오랫동안 리지앙에 머물렀고, 노래를 부르는 일자리를 얻게 되었다고 했다.

씽은 영어회화를 배우는 곳에서 그 남자를 만났다. 서양인 여행객이 많아서 리지앙의 상인들은 영어를 익혀야 했다. 리지앙에 오랫동안 머물게 된 남자도 영어회화를 배우러 다녔다. 둘은 매일 아침 공원에서 배드민턴을 쳤다고 했다.

"어느 날, 가겟문을 닫으려고 하는데, 그가 찾아왔어. 술에 취해 있었어. 그는 갑자기 나를 안더니 키스를 했어."

나는 눈을 동그랗게 뜨고 아무 말도 하지 않았다. 씽은 그녀의 입술에 자신의 손가락을 붙였다.

"첫키스였는데, 술냄새가 많이 났어."

"나는 첫키스 때 어떻게 해야 하는 건지 몰라서 계속 쪼그리고 앉아 있었어. 그러다 위를 보니 동트는 하늘이 파랗게 보이기 시작하더라. 그제야 너무 늦었다는 걸 알고 눈을 감았다니까."

그녀의 눈빛은 아련하게 흔들렸다. 그녀는 술냄새를 풍기며 남자가 찾아왔던 밤으로 돌아가 있었다. 나는 그녀가 다시 입을 열 때까지 기다려야 했다.

“일본에 갔어. 리지앙에 돌아오면 결혼하자고 했어. 일본 사람
이랑 같이 살아도 괜찮을까?”

“일본에 갔어. 리지앙에 돌아오면 결혼하자고 했어. 일본 사람
이랑 같이 살아도 괜찮을까?”

피리 부는 여인

"계속 리지앙에만 있을 거야?"

리지앙에서 이삼일 머문 여행자들은 샹그릴라라고 불리는 중디엔으로 떠나갔다. 그리고 또 어디론가 부지런히 떠나갔다. 리지앙에는 매일 많은 여행자들이 쏟아져 들어왔고, 또 매일 흘러나갔다. 하지만 어제가 오늘같이, 그제가 어제같이 리지앙에서 빈둥거리며 고여 있는 나, 씽은 그런 내게 다음 여행 계획을 물었다.

"나는 여기가 좋아."

씽은 내 손을 잡고 어느 그림 앞으로 갔다. 몇 번씩 염색한 천 위에 가냘픈 여인들이 그려진 그림이었다. 화려한 옷을 입은 여인이 커다란 소 옆에서 피리를 불고 있었다. 여인의 눈은 천년여왕에 나오는 메텔의 눈처럼 길고 깊었다. 씽은 여러 장 겹쳐 있는 그림을 한 장씩 넘기며 보여주었다.

"너 여기에 가."

"여기가 어딘데? 실제로 있는 곳이야?"

"진짜 아름다운 곳. 여자들의 천국."

그림 속의 여인들은 평화로워 보였다. 여인들은 웃는 얼굴로 물항아리를 들고 있었고, 다정하게 남자와 속삭이기도 했다. 여인의 뒤에는 작은 새들이 따르기도 했다.

"여기에는 결혼이 없어. 여인국이야."

"그럼, 남자는 없어?"

"아니, 남자도 있지. 하지만 결혼은 없어. 여자들끼리 살아가는 거야."

화려한 옷을 입은 여인들이, 길고 깊은 눈을 한 여인들이 새 떼를 몰고 다니며 모여 사는 곳.

"그럼 아기는 어떻게 낳아?"

"밤에 마음에 드는 남자 주변에서 피리를 부는 거야. 그럼 남자는 피리 소리에 홀려서 여자를 따라가지. 여자는 아이를 갖게 되면 남자를 쫓아내버려."

씽의 눈도 그림 속 여인의 눈처럼 길고 깊어졌다.

"너, 가봤어? 그곳에."

씽은 고개를 가로 저었다.

"같이 갈까?"

"그러고 싶은데, 가게를 비울 수가 없어. 여름에는 손님이 많아."

"그럼, 다음에 내가 리지앙에 오면 같이 갈까? 내가 겨울에 올게."

우리는 두 손을 잡고 여인국을 꿈꾸었다.

나는 피리를 불었다. 나에게 칼날을 잡게 했던, 내 손에서 피가 철철 흐르게 했던 남자는 피리 소리에 취해 눈을 감았다. 그리고 걸음을 옮겼다. 그는 검푸른 루구호 호수 속으로 들어갔다. 나는 피리를 놓고 붉은 피가 흐르는 내 손을 루구호에 넣었다. 내 피는 물 속으로 퍼져나갔다.

객잔 이야기

저기 새를 봐. 나시들은 새가 신에게 자신들의 이야기를 고해줄 거라 생각하며 용마루에 새를 올렸대. 용마루 밑의 저 나무 조각 말야. 저건 여성 생식기의 상징이지. 다산과 풍요를 기원하는 거야. 나시의 그림엔 언제나 옥룡설산이 있지. 그들에게 설산은 우주산이야. 세계의 중심. 파르나소스의 델포이처럼. 그와의 산책은 즐거웠다. 그와 걸으면 리지앙은 온통 상징으로 가득 찼다.

버려진 가방

　　보라색 슈트케이스를 끌고 리지앙에 도착했다고 썼던 것을 기억하려나. 내 슬픔의 슈트케이스. 리지앙의 돌길을 울리며 나를 부끄럽게 하던 그 가방이 멈추어버렸다. 가방이 내는 소리에 지쳤고, 웃으며 쳐다보는 사람들 눈에 지쳤고, 가방의 무게에 지쳤다. 나는 돌길을 울리며 덜덜거리는 가방을 더이상 끌고 다닐 힘이 없었다. 정말 한 발자국도 전진할 수가 없었다. 내가 멈추어 늘어진 곳은 동바문자를 나무에 조각해 파는 가게 앞이었다. 나는 가방 위에 걸터앉았다. 그곳에 사는 사람으로 보이는 할머니가 나의 늘어짐을 쳐다보며 지나갔다.

　　"할머니, 혹시 소개해줄 호텔이 있나요?"

　　할머니는 가게 안의 남자를 불렀다. 가게에서는 성실해 보이는 이십대 후반의 남자가 나왔다.

　　"이층에 빈방이 있는데 물과 화장실이 없어요. 만약 방을 구하지 못하면 적당한 숙소를 잡을 때까지 빌려줄 수 있어요."

나는 일단 그 사람에게 내 가방을 맡아달라고 했다. 맘에 드는 호텔을 찾아보고 올 테니, 혹시라도 방을 구하지 못하면 얼마간 그 곳을 빌려달라는 이야기도 했다.

남은 여행기간 모두를 리지앙에서 보낼 셈이었다. 나는 내 여행계획을 실행에 옮길 수 있는 숙소가 필요했다. 빈둥거리며 책을 읽고 음악을 들으며 지낼 수 있는, 현지인의 잔잔한 일상에 나도 녹아들 수 있는…….

나는 숙소의 조건을 이렇게 한정지었다.

1. 혼잡을 피한 곳

2. 객실이 너무 많지 않은 곳

3. 정원이나 현관에 책을 볼 수 있는 테이블이 있는 곳

4. 리지앙 현지민족인 나시족이 경영하는 곳

5. 하숙집처럼 주인과 함께 식사가 가능한 곳

6. 저렴한 일인실이 있는 곳

여행안내 책자에 나와 있는 숙소는 너무 혼잡했다. 어디론가 떠나는 사람들과 어디선가 떠나온 사람들의 북적임. 나는 조건이 충족되는 숙소를 찾아서 골목골목으로 들어가야 했다. 그리고 깊숙한 주

택가에 자리한 '아량객잔'이라는 아주 맘에 드는 곳을 찾아냈다.

영어를 하는 이십대 초반의 남자가 맞이한 아량객잔의 정원에는 꽃이 많았고 현관 앞에는 몇 개의 테이블과 의자가 있었다. 오래 전 그들의 선조가 쓰던 방을 객실로 바꾸어놓은 객잔 어디에도 관광객을 받기 위해 급조한 흔적이 없었다. 마당에 있는 세탁기를 마음껏 사용할 수 있다고 했다. 순간온수기가 있는 공용 샤워장과 수세식 화장실도 있었다.

"이십 일 정도 있을 생각이에요. 싸게 해주면 좋겠어요."

그는 오래 머문다면 40위안짜리 방을 30위안에 주겠다고 했다. 그가 안내한 방은 이층에 있었다. 고가(古家)의 이층 복도에서 내려다보는 풍광은 감탄스러웠다. 수백 개의 기와 지붕과 하늘만 보이는 고성(古城)의 고요함. 나는 계약을 했다.

몹시 피곤했다. 구름을 따라 넘나들던 따리에서 리지앙까지의 버스 여행, 그토록 힘들던 가방과의 싸움, 숙소를 구하기 위해 모든 골목을 헤매던 고단함이 한꺼번에 밀려들어 나는 계약을 끝내고 일단 침대에 누워 늘어지게 한잠 잘 수밖에 없었다.

고성의 기와 지붕과 하늘의 경계가 모호하게 무너지기 시작하는 저녁이 되었다. 그때서야 나는 버려두고 온 가방이 생각나 길을 나섰다. 하지만 미로 같은 리지앙의 골목길, 보라색 슈트케이스를 맡긴 가게를 찾을 수가 없었다. 처음부터 거슬러 올라가야 했다. 버스에서 내려서 택시를 탔고, 택시에서 내려 제일 먼저 본 것이 커다란 물레방아. 나는 물어물어 물레방아 있는 곳을 찾아갔다. 그리고 거기부터 기억을 더듬어 가방을 덜덜거리며 걸었던 길을 다시 걸었고, 마침내 가게를 찾았다. 가게에는 내 가방을 맡아주었던 남자와 그의 여자 친구가 있었다. 그들은 기막혀했다.

"우리가 좋은 사람이라 다행이지. 나쁜 사람이었으면 언제 우리에게 가방을 맡겼냐, 우린 모른다, 이랬을 거야."

"여기가 얼마나 위험한 곳인데……지난번에도 어떤 외국인이 여권과 돈이 든 가방을 다 소매치기 당했단 말이야……너 같은 여자는 특히 조심해야 해."

그들의 말이 다 옳았다. 점심 무렵 처음 보는 사람에게 가방을 맡겨두고 사라졌다가 밤이 되어서야 나타난 나는 할말이 없었다.

"숙소는 구했니?"

나는 그 질문을 받고서 또다시 말을 잃었다. 내가 계약한 객잔의 이름을 알지 못했던 것이다. 택시에서 내렸던 처음의 순간부터 더듬고 더듬어서 간신히 가게를 찾아간 내가 이름도 알지 못하는 골목골목 깊은 미로 속 주택가에 들어앉은 객잔을 찾아야 하다니…….

나의 상황을 파악한 가게의 주인 남자는 객잔의 생김새며 주변에서 무엇을 보았는지 처음 올라간 골목이 어디인지 단서를 찾을 수 있는 이것저것을 물어왔다. 하지만 나는 어떤 대답도 할 수 없었다.

"일단 함께 나가서 객잔을 찾고 가방을 가지러 오는 게 좋겠군."

나는 가게의 주인과 함께 길을 나섰다. 우리는 밤 12시가 넘어서야 '아량객잔'을 찾을 수 있었다.

땀이 흐르는 친절한 남자에게 객잔의 주인 가족들은 차를 내주었다.

"12시가 넘어도 돌아오지 않아 우리도 걱정을 하고 있는 중이었다."

친절한 남자는 내가 가방을 내버려둔 일이며 얼마나 많은 길을 돌고돌아 객잔을 찾았는지를 이야기했다. 그리고 내 가방이 배낭이 아니라 바퀴 달린 가방인데다 무척이나 무겁다는 이야기도 했다. 주인 부부는 나와 계약을 했던 아들을 친절한 남자와 함께 보내 보라색 슈트케이스를 가지고 오게 했다.

"우리 나시들은 상냥하다. 나시를 만난 걸 행운으로 알라."

주인 아줌마의 말처럼 분명 나시족은 상냥했다.

이 없는 보헤미안

나는 처음에 그의 국적을 알아차리지 못했다.

기워 입은 푸른빛 바지와 조끼, 검은 장화, 남색 터번, 달가닥거리는 주석 팔찌, 싸구려 돌이 박힌, 아니 진짜 에메랄드일지도 모를 반지. 듬성듬성한 수염, 그 희끗한 색. 몇 개 남지 않은 이. 어설픈 중국어, 발음 나쁜 영어, 몇 마디의 한국어. 그가 자신은 일본인이라고 말하고 나서야 그의 쌍꺼풀진 눈과 보조개, 살짝 들려 올라간 코가 눈에 들어왔다. 그는 전형적인 일본 남자의 얼굴을 가지고 있었다.

말하자면 그와 나는 아량객잔의 장기투숙객이었다.

대문 옆 문간방 그의 기거처 앞에는 소파가 하나 있었다. 나는 소파에서 그의 커피를 나눠 마시는 일을 좋아했다. 그는 범랑 소재의 라면기에 커피를 가라앉혔는데, 그는 그 커피를 콜롬비아에서 산 것이라고 했다.

다른 투숙객들이 관광을 위해 막 빠져나간 아침, 내가 〈호텔 캘리포니아〉를 객잔 가득 울리고 있을 때면 그는 아침 산책을 마치고 돌아왔다. 나는 늘 머리를 커다란 기둥에 기대고 하늘을 향해 눈을 감고 있었다. 그는 늘 그 노래에 맞춰 춤을 췄다. 나는 가끔씩 눈을 뜨고 그의 춤을 보기도 했다.

"신시가지에 가면 3마오짜리 피자가 있는데 정말 이태리에서 먹던 피자처럼 맛있어."

"김치 먹고 싶지? 내가 김치 사다 줄게."

그는 단무지로 담근 총각김치 같은 것을 사 가지고 왔다. 그리고 객잔의 주방을 빌려서 요리를 했다. 삶은 국수에 말린 풀잎을 넣고, 이런저런 양념과 총각김치를 넣어서 비볐다. 뜻밖에도 맛있었다.

"저기 새를 봐. 나시들은 새가 신에게 자신들의 이야기를 고해 줄 거라 생각하며 용마루에 새를 올렸대."

"용마루 밑의 저 나무 조각 말야, 저건 여성 생식기의 상징이지. 다산과 풍요를 기원하는 거야."

"나시의 그림엔 언제나 옥룡설산이 있지. 그들에게 설산은 우주산이야, 세계의 중심, 파르나소스의 델포이처럼."

그와의 산책은 즐거웠다. 그와 걸으면 리지앙은 온통 상징으로 가득 찼다.

　가끔은 한국 여자에 대한 소회를 털어놓기도 했다. 그는 광주 어느 식당의 김치찌개를 좋아했고, 김치찌개를 먹으러 가끔 한국에 가는데 그곳에서 사랑에 빠지기도 했던 모양이었다.

　그는 늘 그런 식이었다. 진짜 카레가 먹고 싶어서 인도에 갔다느니, 제임스 조이스를 읽다가 더블린에 갔다느니…….

　낭만적 추측이 취미인, 친구들에 의하자면 유치한 억측이 취미인 나에게 그는 너무도 풍부한 상상의 대상이었다. 하지만 내가 호기심을 이기지 못하고 그에게 던진 사적인 질문은 딱 한 가지였다.

　"직업이 있나요?"

　"작가. 론리플래닛 작가."

도둑 사건

　어느 날인가 세 명의 한국 사람들이 아량객잔에 손님으로 왔다. 본 적이 있는 여자들이었다.

　리지앙에서 만난 여행객 련과 롱, 그리고 나는 커다란 나무 아래에 앉아 수다를 떨고 있었다.

　"한국 사람이 별로 안 보이는 거 같아."

　"한국 사람 찾기 놀이할까? 나 롱 뒤통수를 보고 한국 사람인 줄 알았잖아."

　련과 내가 사쿠라 카페에서 된장찌개를 먹고 있는데 어떤 남자의 뒤통수가 눈에 들어왔다. 그건 분명히 한국 남자의 뒤통수였다.

　"련, 한국 사람이다."

　련은 그에게 말을 붙였고 결국 우리는 커다란 나무 아래에 함께 앉아 있게 되었던 것이다.

　"내 뒤통수를 보고 알았다고?"

"응, 한국 남성이라고 붙어 있어."

그때 사방객잔 앞을 지나가는 몇 명의 여자들이 보였다.

"저기 세 명의 여자 보이지. 한국 사람이야."

롱과 런은 뒷모습만 보이는 여자들이 한국인임을 단언하는 내 말을 의심했다.

"엉덩이, 한국 여자의 엉덩이야."

나의 엉덩이 분별력은 감탄할 만했다. 아랑객잔에 찾아온 세 명의 여자는 그때 보았던 엉덩이들이었다. 그들은 한국에서 중문과를 졸업했고 중국 여행 경력도 많다고 했다. 그녀들이 들려주는 여행담은 화려했다. 그들은 내가 들어본 적도 없는 중국의 이곳저곳을 거명했다. 안 가본 곳이 없었고, 내가 알지 못한 온갖 유명한 곳을 자세히 알고 있었다. 그리고 어디에서 얼마나 싼 가격에 물건을 샀는지에 대해서도 들려주었다. 나는 한동안 그녀들이 쇼핑한 물건들을 구경하며 신기해했다. 중국어를 유창하게 하는, 화려한 여행 경력의, 씩씩한 그녀들 앞에서 나의 빈둥거림이 부끄러웠다.

나를 만나 덩달아 빈둥거리던 롱과 런은 부지런한 엉덩이 세 명을 따라서 옥룡설산 여행을 계획했다.

"누나도 함께 가자. 이럴 때 함께 안 가면 누나는 옥룡설산 다시는 못 갈 거야."

　하지만 나는 그들을 따라 나서지 못했다. 그녀들의 치열함 뒤에 빈둥거리는 나를 세워놓을 자신이 없었다. 엉덩이들과 롱, 련은 아침 7시에 모여 설산으로 가는 관광버스를 타기로 했다. 나는 반팔과 반소매만 있는 련을 위해 함께 바지를 사러 다녔고 나의 긴팔옷도 빌려주었다.

　"누나~~누나~~."

　그들이 떠나기로 한 날 아침, 아직 자고 있는 나를 롱이 깨웠다.

　"왜 안 갔어? 너 늦잠 자서 혼자 떨어졌구나."

　"도둑 맞은 거 몰라? 엉덩이 누나들 도둑 맞아서 아무도 못 갔어. 아직까지 아무 것도 모르고 혼자 자고 있는 거야?"

　범인들은 깊은 밤 객잔의 뒷벽에 사다리를 놓고 이층으로 올라갔다. 창문은 쉽게 열렸고, 방으로 들어간 범인은 엉덩이들의 여권, 돈, 카메라를 모두 들고 간 것이었다. 공안에서 현장을 살피러 다녀갔고, 주인 아저씨는 공안국에 가서 조사를 받았다. 아저씨는 창문에 잠금장치를 하지 않은 것에 대한 책임을 져야 했다.

엉덩이들의 여행 일정은 아직 절반이나 남아 있었다. 그녀들은 모두 몇천 위안씩의 돈과 여권, 비행기 티켓을 도둑 맞았다. 일단 상하이 영사관으로 가서 여권 분실을 신고하고 재발급을 받아야 귀국할 수 있다고 했다. 주인 아저씨는 창문에 잠금장치를 달지 않은 책임을 인정하고 그녀들이 잃어버린 돈의 절반을 배상해주었다. 그리고 떠나기 전까지의 식사를 제공했다.

객잔의 모든 창에는 잠금장치가 달렸다.

엉덩이들의 도둑 사건 이후로 우리는 어디에서 이러이러한 사건이 있었다는 유의 이야기를 즐겨했다. 그 무렵의 우리는 온통 지갑을 지키는 일에 정신을 집중하고 있었던 것이다. 여기저기서 튀어나온 경험담 속에 나도 이런 이야기를 늘어놨다.

몇 해 전 그러니까 98년이던가 뤄양(洛陽)에서 정저우(鄭州)로 가고 있었어.

그때만 해도 한국인 여행객이 지금처럼 많지 않아서 아주 가끔 어쩌다 한 번 한국인을 볼 수 있었는데 정저우 가는 버스에는 당근 나와 내 친구 단 두 명의 한국인만 있었던 거지. 우리는 좀 뒤쪽에 앉았었는데 왜 말 오줌에 삶은 건지 아무튼 갈색 나는 계란 까먹으면서 껍질은 바닥에 다 버리고, 침 막 뱉고, 아무튼 짜증나는 버스였다고…….

우리 뒤에 앉은 남자가 일어나서 통로를 왔다갔다하는 거야. 인상도 더러웠었는데……그러더니 내가 앉은 의자에 와서 왜 의자 있는 데가 통로보다 높은 거 있잖아. 통로에 올라서서 의자에 앉는 거, 버스가 그런 구조였는데 내 의자 있는 데로 자꾸 올라오는 거야. 나 그때 중국말 하나도 몰랐는데 뭐라고 할 수도 없고 남자는 무지 지저분하고 그냥 친구 있는 쪽으로 몸을 웅크릴 수밖에 없더라고……그런데 이 남자 그리로 올라서서 내 앞에 앉은 여자를 유심히 보는 거야. 앞자리에는 젊은 여자와 남자가 앉아 있었는데 남매처럼 보였어. 여자가 누나 같았거든……근데 둘 다 곤하게 잠들었었거든……남자가 이리 보고 저리 보고 위에서 여자를 내려다보는데도 둘은 그냥 잠만 자더라고……. 나는 또 이런 생각을 했지. 혹시 저 남자의 옛날에 헤어진 여자일까? 그런 통속적인 생각…… 그런데 몇 번을 와서 기웃거리던 남자가 내가 두 눈을 똥그랗게 뜨고 있는데 내 눈앞에서 여자의 핸드백을 열려고 하는 거야. 어찌나 놀랐든지 내가 그 남매를 막 깨웠어. 그래서 그 흉악한 인상의 남자가 자리로 돌아갔어.

그런데 그 다음부터 무지 무서워지는 거야. 뒤에서 누가 맥주병을 통로에 확 차버리는 거야. 맥주병이 버스를 막 굴러다녔어. 그런 다음에도 아까 그 남자는 물건 올려놓는 데 있는 보따리들을 다 살피면서 다니더라. 별생각이 다 들었어. 버스에 탄 모든 사람이 다 짰는데 나하고 내 친구만 모르는 게 아닌가. 그 남자들이 갑자기 뒤에서 목이라도 조르거나 칼로 찌르면 어쩌나. 우리가 버스에서 내렸을 때 따라내려서 지갑이라도 뺏으면 어쩌나.

다행히 정저우 입구에서 그 남자와 일행이 내리더라고……안도의 한숨을 쉬었지. 그런데 배신감 느껴지는 건 뭐였냐면 버스에 탄 사람들이 다 알고 있었던 거야. 그들이 내린 다음에 웅성웅성 하는데 내가 비록 그때 중국말을 못 알아듣긴 했지만 눈치로 보아하니 다들 소매치기라는 걸 알면서 자기의 보따리를 꼭 쥐고 자는 척한 거더라고. 그리고 그 맥주병은 다른 사람이 찬 거더라고……그 사람이 무지 큰 소리로 말을 하는데 내가 사람들 깨라고 일부러 맥주병을 찼다. 저 사람들은 도둑 맞을 뻔했는데 저 외국인이 깨워서 일어났다. 뭐 이런 내용 같았어. 그 남매는 일어나서 우리에게 인사를 했어.

라오스(老師; 우리말의 선생님에 해당한다.)

화, 초등학교 4학년, 똘똘하게 생긴 남자아이. 아니 이 정도로는 약하다. 화는 아주아주 반듯하게 잘생긴 남자아이였다. 그 아이는 맛있는 과자를 잘 사왔고, 나는 그 아이가 주는 과자를 잘 받아먹었다. 아이는 객잔 주인의 친척이라고 했다.

어느 날은 화가 마당에서 춤을 추었다.

"무슨 춤이야? 나시족의 춤이니?"

"아니, 윈난 소수민족 모두의 춤이야."

윈난의 아름다움을 노래하는 가락에 맞춰 여러 소수민족의 춤사위를 골고루 반복하는 것이었다. 화의 설명에 의하면 우리나라의 국민체조나 중간놀이처럼 학교에서 늘상 추는 춤인 것 같았다.

"나에게도 알려줘."

장족의 춤, 백족의 춤, 나시족의 춤, 화는 중간중간 이야기를 하며 나에게 시범을 보였다. 나는 어설프지만 열심히 따라했고 마마는 나를 보며 웃었다.

"마마도 함께 해요."

화는 내 중국어 발음을 듣고 늘 웃었다. 취학하기 전까지는 나 시어를 쓰다가 학교에서 보통어를 배웠다는 화는 나에게 자기가 배운 그대로 단어 연습을 시켰다. 내가 말을 하면 그것을 문법에 맞게 고쳐서 말해주고 내가 바르게 발음할 때까지 천천히 반복해서 말해주었다. 나는 열 번 넘게 똑같은 문장을 반복하기도 했다.

"한국 가수 중에 누굴 제일 좋아해?"

화에게는 제법 여러 장의 한국 시디가 있었다. 우리는 함께 이정현의 노래를 들었다.

"한국에도 이런 과자 있어?"

초등학교 4학년의 왕성한 호기심, 화의 질문은 끝이 없었다.

"한국에서는 어떤 글자를 써?"

"한국 글자는 무지 쉬워. 그래서 한국 학생들은 글자를 잘 읽어."

그리고 한국말에 대한 호기심도 많았다.

"니하오가 한국말로 뭐야?"

"따라해봐. 안녕하세요."

나는 간단한 한국어를 화에게 알려주었다. 가끔은 마마와 빠바도 화와 함께 한국말을 배웠다.

　고성의 기와 위로 주황빛 노을이 퍼지기 시작하던 어느 날이던가 길을 가고 있는 나의 뒤통수에서 어린이의 목소리가 들렸다.
　"진 라오스~~~~진 라오스~~~."
　길에는 달리 걷는 사람도 없었다. 그렇다고 나를 그렇게 부를 사람도 없었다.
　"진 라오스~~~~진 라오스~~~."
　계속 되는 부름에 뒤를 돌아보았다. 친구들 몇 명과 함께 화가 나를 부르고 있었다. 그날 나는 그 아이들과 동네 한바퀴를 돌았다.

만두 빚기

아랑객잔도 훠바지에 준비로 분주했다.

아주 높다란 나뭇단을 준비해놓았다. 우주를 상징하는 원으로 장식된 양가죽 조끼를 입은 화의 친할머니가 와서 한아름의 꽃으로 나뭇단을 장식했다.

"오늘은 훠바지에 음식을 먹을 거니까 찐징도 저녁은 집에 와서 먹어."

삼일 동안 계속되는 축제의 첫날, 청도로 출근하려는 나에게 객잔의 마마가 말했다.

"라오반, 오늘 저녁을 객잔에서 먹기로 했어. 마마가 오늘은 훠바지에라 특별한 음식을 먹는다고 집으로 오라고 했어."

그날 오후 나는 청도의 사장에게 말하고 일찍 객잔으로 들어갔다. 빠바는 언제나처럼 마당을 향한 테이블에 앉아서 파이프 담배를 물고 있었고, 마마는 부엌 앞의 테이블에서 무언가를 빚고 있었다.

"마마, 오늘 먹을 거 만드는 거예요? 나도 함께 해요. 알려주세요."

훠바지에 때 먹는 특별한 음식은 바로 만두였다.

동그란 만두와 네모난 만두, 마마는 두 종류의 만두를 빚고 있었다. 나는 한국에서처럼 동그란 만두를 빚었다. 빠바와 마마는 내 만두를 보고 감탄했다.

"한국에서도 많이 만들었어요. 설날에도 먹고 1월에 많이 먹어요. 우리는 만두라고 하죠."

빠바와 마마는 한국 음식에도 만두가 있다는 것을 놀라워했다.

"만두, 만두."

빠바와 마마는 한국말을 따라했다.

"이 네모난 건 한국에서는 안 만들었어요. 어떻게 하는 건지 알려주세요."

마마는 천천히 시범을 보였다. 네모난 만두피를 대각선으로 접어 올려 토끼의 귀처럼 쫑긋하게 만드는 독특한 모양이었다.

"한국에 가서 이런 만두 만들면 사람들이 놀랄 거예요."

빠바는 만두를 빚고 있는 우리의 모습을 찍어두어야 한다고 사진기를 찾아 들었다.

저녁을 먹기 위해 아량과 아량의 형이 객잔에 들어왔다.

"찐징이 만두를 빚었어."

아들들은 환호성을 내며 웃었다. 훠바지에의 첫날 아량객잔 가족 네 명과 나는 그야말로 화기애애하게 물만두를 먹었다.

호객문

"빠바 이 집은 얼마나 오래된 거죠. 백 년? 이백 년?"

"백 년은 훨씬 넘었지."

나는 몇 개의 큰 기둥이 세워진, 백 년은 족히 넘었다는 고가의 아침을 좋아했다. 객실의 손님들은 부지런히 객잔을 빠져나가 총총히 사라져갔고, 마당의 꽃은 붉었다. 처마 아래 매달린 새장 속도 분주했다. 나는 한차례의 드나듦이 끝나고 객잔이 잠잠해지면 거실에 있는 오디오에 시디를 걸고 현관에 있는 의자에 앉아 백 년이 넘었다는 기둥에 머리를 기댔다.

어느 날인가 기둥에 머리를 기댄 채 눈을 감고 음악에 빠져 있는 내게 빠바가 여러 권의 공책을 내밀었다. 그동안 아량객잔에서 머물렀던 여행자들의 사진과 편지, 그리고 감사하다는 인사가 스크랩되어 있었다.

"찐징 한국말로 이런 내용을 써줬으면 좋겠어."

빠바는 객잔의 서양 손님들은 대부분 전에 머물렀던 친구들의 소개받고 오는 거라는 이야기도 했고, 비수기에는 손님이 이런 골목까지 찾아오지 않아서 마마가 버스터미널로 호객을 하러 나간다는 이야기를 했다. 빠바는 한국인 손님들에게 보여줄 좋은 이야기를 적어달라고 했다.

안녕하세요. 저는 리지앙에서 한 달 가까이 머물다 가는 김보경이라고 합니다. 숙소 때문에 걱정이라면 주저 말고 아랑객잔으로 가세요.

백 년도 넘었다는 아니 세월을 알 수 없는 나시족의 전통가옥에서 상냥하고 친절한 나시 가족을 만나게 될 거예요.

이 전통가옥에는 수세식 화장실과 24시간 따뜻한 물을 쓸 수 있는 샤워장도 있답니다. 원하신다면 나시식 식사도 저렴한 가격에 함께 할 수 있고, 다른 곳으로 떠나는 비행기, 버스표 예약도 부탁할 수 있습니다. 영어를 잘하는 아들이 있어서 중국어를 모르는 여행자에게 좋은 안내자가 된답니다.

객실 수가 많지 않아 가족 같은 분위기로 지낼 수 있고, 거실에 있는 오디오 시스템과 인터넷도 이용할 수 있답니다. 저는 지금 객잔 마당 가득 〈호텔 캘리포니아〉를 울리고 있는 중이랍니다.

부산스러움보다 조용함을 좋아하시는 분, 나시 가정의 생활을 접하고 싶으신 분, 리지앙에 묻혀 있다 가고 싶은 여행자라면 꼭 아량객잔으로 가세요.

다음에 리지앙에 오게 되면 저는 그때도 주저없이 아량객잔을 선택할 겁니다.

리지앙에서 결혼해

"아랑이 둘째아들 이름이면 객잔이 큰아들 이름이야?"

객잔에는 두 명의 아들이 있었다.

처음 나와 계약을 한 청년이 둘째아들로 객잔은 그의 이름을 따서 명명된 것이었다. 그는 영어를 잘했고 일본어 공부도 열심이었다.

"아랑은 며칠째 안 보이네요."

"불란서 사람들하고 루구호에 갔어."

아랑은 서양인 여행자들의 가이드로 루구호나 중디엔에 며칠씩 다녀오는 일이 많았다. 한 마디로 아랑은 똑똑한 아들이었다.

그리고 또 한 명의 아들, 큰아들. 그는 쑥스러움을 많이 탔다. 그는 말이 없었다. 눈이 마주치면 쑥스럽다는 듯 웃기만 했다. 그는 늘 객실 청소와 빨래, 설거지를 했다. 그리고 소나기가 잦은 리지앙의 하늘을 지키고 있다가 비가 떨어지면 빨랫줄에 널린 여행자의 옷을 처마 밑으로 옮기는 일을 했다.

"찐징 몇 살이야?"

빠바가 물었다.

"비밀이에요."

"큰아들은 스물일곱, 작은아들은 스물넷, 나이가 맞는 아들을 찐징에게 장가 보내려고⋯⋯."

"나는 큰아들보다도 훨씬 나이가 많은걸요."

객잔의 손님은 이삼 일 머물고 떠났다. 그들은 아침에 일찍 관광을 나갔다가 밤늦게 돌아왔다. 그런 손님과는 달리 함께 밥도 먹고 주인 가족과 이런저런 이야기를 하며 놀기도 하는 장기투숙객은 삼 년에 한 번씩 와서 세 달씩 머물다 간다는 이 없는 보헤미안과 나뿐이었다. 장기투숙객인 나에게 그들은 다정했다. 나는 주인 내외를 빠바, 마마라고 불렀다.

하지만 객잔의 아들에게는 모두 나시족 여자 친구가 있었다. 아량의 여자 친구는 관광안내원으로 일했고, 큰아들의 여자 친구는 어딘가에서 물건을 판다고 했다. 내가 청도에서 세상을 향해 난 문을 스크린 삼아 영화를 보듯 행인을 바라보고 있을 때, 아량의 여자 친구가 관광객을 이끌고 지나가기도 했다. 그녀는 메가폰을 들고 열심히 설명을 하고 있었다.

"아랑과 형은 어디에서 자나요?"

안방 외의 모든 방이 손님을 받는 객실인 아랑객잔에서 두 명의 아들이 잘 곳은 없었다. 그들은 밤늦게 나갔다가 아침에 돌아왔다.

"여자 친구 집에서 자."

"결혼 안 했잖아요."

빠바와 마마는 그냥 웃었다.

가끔은 아들의 여자 친구가 와서 밥을 먹었다. 그녀들도 역시 상냥한 나시였다. 하지만 큰아들은 그때도 설거지를 했다.

"한국 남자들은 설거지 안 하는데……그리고 부모님 앞에서 설거지하는 모습을 보이면 며느리가 쫓겨날 거야."

"우리도 오래 전에는 여자들만 일했어. 남자들은 꽃과 새만 키웠지."

아랑객잔의 가족들은 이구동성으로 내게 말했다.

"쩐징, 리지앙에서 결혼해."

비엔나 커피

사랑은, 짝사랑은 칼날을 잡는 일 같아요
내가 휘둘러도 베이고
칼자루 쥔 사람이 휘둘러도

오래 전 이야기했던
쥐의 얼굴만한 귀를 가진 사람

저 혼자 부글부글 끓어올랐다, 가라앉았다
참으로 여러 차례 계속 하네요

"내가 칼날을 잡았구나~~~"

베이니까 많이 아파요

다 잘려나갈지도 모르겠어요

쿨하고 싶었는데……
그래요, 내 머리는 다 알거든요
심장이 전혀 통제가 안 되는걸요
미당(未堂)을 키운 건 팔 할이 바람이라고 했던가요
절 죽이려 드는 건 팔 할이 제 피예요

그러고 보니 저는 꼭 막 서빙된 비엔나 커피예요
누가 티스푼으로 휘휘 저어버렸음 싶어요

꿈에 그가 나타났다. 그는 고가도로를 달리고 있었다. 중심을 잃은 그의 차가 가드레일을 받고 추락했다. 차는 어느 집 지붕 위에 떨어졌다. 떨어져 나간 가드레일이 그를 덮쳤다. 나는 그를 향해 달렸다. 하지만 거리는 끝내 좁혀지지 않았다.

날이 밝았다. 나는 거실에 있는 아량의 컴퓨터를 켰다. 그에게서 이메일이 와 있었다.

너를 그냥 보내 마음이 걸린다.

한국은 너무 덥다.

나는 더위를 이기지 못해 집 안에 가만히 있기만 한다.

주식은 연일 폭락이고, 이러다 나라가 망할 것 같다.

네가 없는 한국은 너무 덥구나.

어서 돌아오렴. 행운의 여신.

나는 간밤의 흉몽을 그에게 알리고 조심을 당부해야 하나 말아야 하나를 놓고 갈등했다. 하지만 나는 메일을 쓰지 않았다. 컴퓨터 앞에 한참을 앉아 있던 나는 어느새 내가 휘휘 저어진 비엔나 커피가 되어 있음을 알았다. 나는 더이상 차갑지도 뜨겁지도 않았다.

동바 이야기

"봄과 가을은 어디로 갔니?" "너무 복잡해서 그건 안 했어요. 지금 상태가 예쁘잖아요." "그래도 그렇게 하면 안 돼. 우주의 질서가 무너지잖아. 춘하추동은 함께 있어야 해. 동서남북도……그건 산을 둘러싼 세상의 질서야." 선생님은 나의 풍경에 봄과 가을을 새겨넣었다.

동바문자

나시족은 고대로부터 내려오는 동바경(東巴經)을 가지고 있다. 동바경에는 나시족의 신화와 우주관, 그리고 세계의 창조에 대한 이야기와 그들의 철학, 민족학, 언어학과 시선집이 총망라되어 있다. 동바경은 그 자체로서 고대사회의 생활을 연구하는 생생한 자료가 되는 것이다. 동바경은 동바문자라는 독특한 상형문자로 기록되어 있다. 동바문자는 명사, 형용사, 부사 등 모든 언어를 이미지화시킨 상형문자이다. 이런 동바문자로 쓰여진 동바 필사본은 대략 삼만 가지 정도가 된다. 이것은 전 세계적으로 현존하는 유일한 고대 상형문자이다.

동바 필사본은 동바라고 불리는 제사장들을 통해 만들어졌다. 출생과 죽음을 비롯한 여러 가지 의식을 관장하는 동바는 고대에서부터 현재에 이르기까지 그들의 의식과 문자와 문화를 전승시켜왔던 것이다.

리지앙은 세계적인 문화와 역사의 보고(寶庫)이다. 그 이유는

바로 그들의 모든 문화가 고스란히 녹아 있는 동바문자 때문인 것
이다.

나의 동바문자 선생님

덜컹거리던 내 가방, 그것을 던져버리고 숙소를 찾아나섰던 일.

그때 나는 귀중한 선생님을 만나게 되었다. 바로 내 가방을 맡아주었던, 그리고 계약한 객잔을 찾지 못하는 나를 위해 함께 밤길을 걸었던 친절한 남자. 그 사람이 내 선생님이다.

많은 사람들을 힘들게 했던 밤이 지나고 새날이 열렸을 때, 내 가방을 맡아주었던 가게를 찾아갔다. 가게 안은 물감을 칠한 둥근 나무판에 상형문자를 새겨넣은 장식물들이 가득했다.

"정말 고마웠어요."

나는 내 진심을 다해 감사의 마음을 전했다.

가게에는 친절한 주인과 여자 친구 그리고 어떤 남자가 한 명 있었다.

"차 한 잔 마셔요."

여자 친구가 나에게 의자와 차를 건넸다. 그들은 리지앙에서

벌어진 여행자와 얽힌 크고 작은 사건들을 내게 이야기했다. 사람
이 사는 곳은 어디에나 흉흉한 일이 벌어지는 모양이었다.

　"우리 사장은 참 좋은 사람입니다. 우리 사장 같은 사람을 만나
서 다행인 줄 아세요. 나도 돈도 없고 아무 것도 없어서 고향으로
돌아갈 수 없는 처지가 되었는데 사장이 일자리도 주고 먹을 것과
잠잘 곳을 주었답니다."

　가게의 구석에 앉아서 조각칼로 나무판을 파던 남자가 말했다.

　"나도 배울 수 있을까요?"

　"그래. 배우고 싶으면 언제든지 이곳으로 와."

　그때부터 친절한 남자는 나의 선생님이 되었다.

고된 조각일

　나는 나무판에 물감을 칠하는 일부터 시작했다. 나무판의 결을 따라 빨간색, 파란색, 초록색, 원색의 물감을 칠했다. 그 다음은 나무판의 가장자리를 따라 연속무늬를 조각하는 일이었다. 조각칼로 같은 무늬를 계속 파는 일은 내게 버거웠다. 일정한 깊이를 유지해서 칼질을 하는 일이 어려웠다. 어깨가 묵직하게 아파왔다. 나는 퍽 지루해하면서 동그란 나무판의 가장자리에 새겨넣은 연속무늬 장식을 마무리했다.

　"이제 칼 다루는 게 익숙해졌으니 동바문자를 조각하도록 해."

　선생님은 내게 바람결에 아름다운 소리를 내는 풍경, 그 아래 매달릴 나무판을 줬다. 그리고 견본으로 풍경 하나를 보여줬다.

　"이건 무슨 뜻이죠?"

　"이건 남자, 이건 여자, 가운데는 사랑이야."

　내가 조각한 남자는 덩치가 작았고, 여자는 남자보다 목 하나가 더 컸다. 사랑은 좀 삐뚤어졌다.

"처음에 이 정도면 잘한 거야."

선생님의 여자 친구는 내가 조각한 풍경을 가게 밖에 내다 걸었다.

선생님은 설산을 가운데 두고 봄, 여름, 가을, 겨울이 돌아가며 새겨진 풍경과, 역시 설산을 가운데 두고, 동서남북이 새겨진 풍경을 보여주었다. 제법 많은 상형문자를 조각해야 하는 것이었다. 내 눈에는 작은 나무판에 다섯 가지 모두를 새긴 모양이 너무 복잡해 보였다. 그래서 가운데 있는 설산과 여름, 겨울만 조각했다.

선생님과 여자 친구는 내가 만든 풍경을 보고 황당한 표정을 지었다.

"봄과 가을은 어디로 갔니?"

"너무 복잡해서 그건 안 했어요. 지금 상태가 예쁘잖아요."

"그래도 그렇게 하면 안 돼. 우주의 질서가 무너지잖아. 춘하추동은 함께 있어야 해. 동서남북도……그건 산을 둘러싼 세상의 질서야."

선생님은 나의 풍경에 봄과 가을을 새겨넣었다.

"왜 동바 조각에는 옥룡설산이 많이 들어가는 거죠?"

"옥룡설산은 세상의 중심이야. 우리는 그 중심에 모여 사는 거고."

　　내가 조각한 작은 남자와 머리 큰 여자, 비뚤어진 사랑이 팔려
나갔다.

친절한 한국인

"이거 봐, 웃기게 생겼어. 고추 달린 것 좀 봐."

가게 밖에서 한국말이 들렸다. 선생님의 가게 밖에는 남자 인형과 여자 인형이 매달려 있었는데 남자 인형의 사타구니에는 나무로 만든 커다란 고추가 박혀 있었다. 부부와 아들로 보이는 일가족 네 명이 인형을 보고 웃었다.

"여기 예쁜 것 많네."

그 가족은 가게 안으로 들어섰다. 그리고 유창한 중국어로 선생님의 여자 친구와 대화를 나누었다.

"한국 사람이세요? 우리 가게에도 한국인이 있어요."

여자 친구는 나를 가리키며 그들에게 말했다. 나는 조각을 멈추고 인사를 했다.

"여기서 일하나요?"

"네."

"우리는 베이징에서 왔는데, 그럼 여기 사는 거예요?"

"아녜요. 저도 여행중이에요."

"그럼 돈이 떨어져서 여기에서 일하는 건가요?"

한국인 가족의 질문에 나는 웃을 수밖에 없었다.

"동바문자라고 나시족 고유의 상형문자인데, 흥미로워서 배우고 있는 중이에요."

베이징에서 온 그 가족은 상당히 많은 양의 물건을 구입했다.

"특이한 것도 많은데, 선물할 거 여기서 다 사버리지 뭐."

그들은 물건을 고르면서 선생님과 그 여자 친구에게 이런 말을 했다.

"여기에 한국 사람이 있어서 물건을 사는 겁니다."

"덕분에 많은 물건을 팔았어. 고마워."

한국인 가족이 나가고 난 후, 선생님과 여자 친구는 내게 감사의 인사를 했다.

나의 일과

동바문자 배우기, 청도에서 장사하기, 씽과 수다떨기, 객잔 식구들과 놀기, 제법 부산한 리지앙에서의 생활은 대략 다음과 같이 정리된다.

1. 8시 기상

2. 나시바바, 쌀국수로 아침식사

3. 샤워, 빨래, 청소 등을 하며 객잔의 빠바, 마마와 담소

4. 객잔 현관에서 이글스의 〈호텔 캘리포니아〉 무지 크게 듣기, 묘하게 리지앙은 이 노래가 잘 어울린다.

5. 청도로 출근, 장사 시작

6. 청도 사장과 점심식사

7. 청도를 방문하는 사장 친구들과 담소 (고등학생 남녀, 블루 페이지 식구들, 옆 은제품 가게 아저씨)

8. 포목점의 나시 처녀 씽과 수다떨기 (너무나 그리운 내 친구 씽)

9. 동바문자 배우기

10. 가끔 동바문 선생님 가족과 저녁식사

11. 가끔 청도에서 저녁식사

12. 가끔 객잔 빠바 마마와 나시식 저녁식사

13. 산책 (이 없는 보헤미안과 객잔 빠바의 조카인 초등학생 화와 산책)

14. 청도에서 장사

15. 11시 30분 객잔 관면

그 무렵 나는 내 적성이 보험설계사나 선거운동일 거라는 생각
을 했다.

동급생

　나와 함께 조각을 하던 남자가 고향으로 돌아갔다. 거지처럼 리지앙에 왔었다는 그는 제법 말쑥해져서 떠나게 되었다. 선생님은 그에게 고향까지 갈 돈을 주었다.

　"다시 올 거예요. 나도 리지앙에서 이런 가게를 하면서 살고 싶어요."

　그리고 얼마 후 또다른 동급생을 만나게 되었다.

　어느 날 오후 동바문 가게에 들어갔을 때 앳된 청년 하나가 조각을 하고 있었다.

　"누군가요?"

　"항저우(杭州)에서 온 나의 제자야."

　청년은 수줍게 인사를 했다.

　"잘하네요. 전에도 한 적이 있나요?"

　"여기서 배우다가 항저우에 돌아갔었는데, 또다시 오게 된 거야."

청년 대신 선생님이 대답을 했다. 청년은 여전히 수줍은 표정으로 묵묵히 나무판을 팠다.

"항저우도 아름다운 곳이라고 들었어."

청년은 그제야 입을 열고 항저우에 대한 자랑을 조금씩조금씩 늘어놨다.

"왜 다시 온 거야?"

"여기가 좋아서. 선생님도 좋고, 이 일이 적성에 맞는 거 같아."

그리고 얼마 후 또 한 명의 동급생이 생겼다. 이번에는 쓰촨성에서 온 아가씨였다. 그녀는 쓰촨 출신답게 피부가 곱고, 이마는 볼록하고, 눈은 컸다.

선생님은 세 명의 제자를 거느리게 되었고 가게 안은 늘 시끌시끌하게 되었다. 수줍음이 많던 항저우 청년도 시간이 지나자 귀엽게 재잘거리는 청년으로 변해갔다.

"한국 여자들은 참 예뻐. 김희선도 예쁘고, 이정현도 예쁘고, 텔레비전에 나오는 한국 여자들은 다 너무 예뻐."

어느 날인가는 나의 동급생들이 한국 스타에 대한 수다를 떨기 시작했다.

"그런데 한국은 성형수술을 많이 한대……."

선생님의 여자 친구와 쓰촨성 아가씨가 나를 바라보았다.

나는 종이에 해골을 하나 그렸다. 그리고 턱뼈를 깎아내는 것을 열심히 설명했다. 가슴을 키우는 수술도 이야기했다. 항저우 청년의 얼굴은 빨개졌고, 아가씨와 여자 친구의 입은 다물어지지 않았다.

작별

　"찐샤오제, 잘 돌아가……그리고 또다시 여기에 오면 좋겠어."

　선생님이 작별의 인사를 하는데, 쓰촨성 아가씨의 큰 눈에는 눈물이 맺혔다.

　"그리고 이거 선물이야. 가지고 가."

　선생님은 나에게 나시족이 입고 다니는 양피 옷을 조각한 커다란 목판을 건넸다.

　"이건 비싼 거잖아요. 나에게 주지 말고 파세요."

　"양피 옷은 우리 나시족에게 아주 중요한 거니까 꼭 가지고 가야 해. 양은 소중한 우리의 재산이고, 이 양피 옷에는 우주의 법칙이 담겨 있어. 옷에 매달린 동그란 원 하나하나가 해와 달과 별을 상징하는 거야. 나시족은 옷에 우주를 새겨서 입고 다니는 거야."

　나는 선생님이 오랜 시간 조각한 목판을 소중하게 건네받았다.

동바문자

덥다	춥다	덮어씌우다	나누다	둥글다	꾸불꾸불하다
남자	여자	달콤하다	끼워넣다	웃다	노래부르다
말하다	잠자다	배고프다	배부르다	임신	출산
훔치다	움켜잡다	오르다	내려가다	좌	우
떨어지다	세우다	머리카락	턱수염	능숙한	무능한

신을 나타내는 동바문자

여신	남신	귀신	생육신(삼신할미)
농사의 신	전쟁의 신	괴질을 퍼트리는 신	사냥하는 신

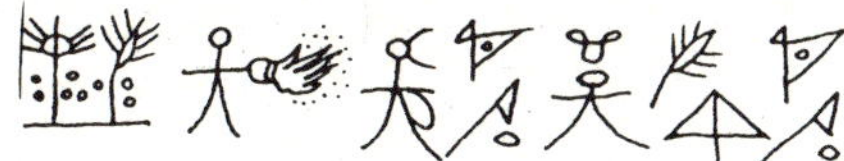

우리는 배고픔을 막기 위해 씨를 뿌리고, 노년을 위해 아이를 기른다.

친인척간에는 거래를 하지 말아라.

사람들의 삶은 거의 비슷하지만 삶에 대해 이야기하는 것은 가지각색이다.

산양에 신경을 쓰면 양은 잃는다.

독버섯에 중독되었던 사람이 있다. 그는 그후로 삼 년 동안 산에 가지 않았다.

설탕을 보면 당근을 내던지지만, 배가 고플 때는 설탕보다 말라비틀어진 당근이 달콤하다.

나는 하늘을 만든 아홉 형제의 후예이다.

나는 지구를 만든 일곱 자매의 후예이다.

나는 단숨에 소 세 마리의 다리를 먹어치울 수 있는 사람이다.

나는 단숨에 강물을 모두 마셔버릴 수 있는 사람이다.

나는 아흔아홉 개의 산을 발과 다리에 아무런 고통 없이 오를 수 있는 사람이다.

나는 일흔일곱 개의 깊은 계곡을 피곤함 없이 건널 수 있는 사람이다.

따리 이야기

백족 친구가 어딨냐고…… 아니 어제 생전 처음 따리 온 사람이 오늘 갑자기 백족 친구 따라서 자러 갔다고 하면 놀라지 않을 사람이 어딨냐고. 여

기 담벼락 밑에서 장사하는 아줌마들…… 그중에 스물여섯 살짜리가 있어요. 아저씨는 창문 밖으로 고개를 내밀었다. 코리아나의 담벼락에 의지

해 노점상을 차린 아줌마들이 작은 나무 의자를 놓고 옹기종기 앉아서 수를 놓고 있었다. 저 아줌마들이 친구야? 저 아줌마들 따라 갔다 온 거야?

따리의 마사지

'베이징와인'을 많이 마셨다.

간간이 떨어지는 빗줄기와 바람에 주황빛 종이로 갓을 씌운 등이 흔들렸다. 멈출 것 같지 않았던 여행자의 행렬도 사라지고, 악착같이 따라붙던 노점의 여인들도 들어가고 따리의 거리에도 밤은 무겁게 내려앉았다. 몇 개의 초가 타오르는 카페 안은 다섯 명의 다국적 인이 쏟아내는 이야기로 아직 살아 있었다.

"매일매일 바쁘게 돌아가는 여행자들 틈바구니에서 보경 씨 같은 사람이 나타나다니……우리 가게에서 가끔은 일도 도와주고 편히 쉬다 가면 좋겠어."

게스트하우스 코리아나의 아저씨는 나를 환대했다. 한때 문학청년이었다는 아저씨는 책이나 읽고 노닥거리며 한 달을 보내겠다는 나를 무척이나 신기해했다.

"쿤밍에서 김 사장님 전화 왔을 때만 해도 그냥 잠시 다녀가는 관광객이려니 생각했는데……오랜만에 말동무가 생기는 것 같아서 참 좋군."

아저씨의 게스트하우스 화단에는 박목월의 시 「윤사월」이 적혀 있었다.

"그림 그리는 손님이 오면, 저 벽에 청포도를 그려달라고 할 참이야. 시만 써넣으려고 했는데, 아무래도 그림까지 들어가면 더 좋을 것 같아서 참고 있는 중이지."

그리고 그날 밤, 코리아나 아저씨와 친한 친구들이 모여서 와인파티를 벌였다. 말하자면 한국에서 온 손님을 환영하는 파티였다. 피자가게를 하는 이탈리아인 질, 구도중인 라마승을 연상시키는 홍콩 사람과 왕조현처럼 생긴 그의 여자 친구, 그리고 나. 우리는 늦도록 '베이징와인'을 마셨다.

다음날 나는 퍽 늦은 시간에 눈을 떴다. 아직 내 몸은 숙취에서 벗어나지 못하고 있었다. 쿤밍에는 머리를 감겨주는 미용실이 많이 있었다. 의자에 앉아 있는 채로 머리를 감겨주고 등까지 마사지해주는……나는 그런 가게를 찾아 나섰다.

내가 발견한 곳은 마사지숍이 늘어서 있는 길이었다. 약초로 마사지를 하는 따리의 전통의학이라는 영문 안내판이 서 있었다. 초로의 할머니는 나를 붙잡았다. 할머니는 여행자들이 적어둔 노트를 내밀었다. 한글도 있었다.

"베이징에서 중의학을 하는 학생입니다. 여행중 우연히 따리의학을 접했습니다. 백족의 오랜 전통인 따리의학은 약초에서 추출한 성분을 환부에 직접 발라……"

나는 할머니를 따라 마사지숍으로 들어갔다. 차곡차곡 정리된 오래된 살림살이를 몇 개의 천으로 가려놓은 옹색한 단칸방.

"몸이 무겁고 머리가 몹시 아파요."

할머니는 작은 병을 들고 몇 방울의 약을 하얀 시트에 뿌렸다. 그리고 그 시트를 침대에 깔고 나를 눕혔다. 할머니는 내 몸의 이곳저곳을 눌러서 아픈 부위를 찾았다. 그리고 그곳에 몇 방울의 약을 떨어뜨리고 열이 날 때까지 계속 문질렀다.

"위가 좋지 않군. 소화가 잘 안 되는 체질이야."

내 몸의 모든 경락에도 똑같이 약을 떨어뜨리고 문지르는 일을 반복했다. 몸은 제법 상쾌해졌다. 나는 할머니가 요구하는 대로 40위안의 돈을 지불했다.

비로소 내 눈에 부산한 따리의 카페 거리가 눈에 들어오기 시작했다.

백족 마을 방문

따리에서의 첫날밤 나는 베이징와인에 취했다. 그리고 둘쨋날 밤에는 외박을 했다. 외박을 끝내고 코리아나로 돌아갔을 때, 아저씨는 얼마나 걱정을 했는지에 대해 이야기했다.

"매니저가 보경 씨 백족 친구 따라 그 사람들 마을 가서 자고 온다고 나갔다는 말을 하는데, 앞이 캄캄해지더라고……김 사장이 특별히 조카 부탁한다고 나한테 보냈는데, 완전히 실종사건 벌어지는 줄 알았다고……."

하지만 나는 건강했고, 명랑했다.

"밥은 먹었어? 매니저, 여기 보경 씨 아침밥 좀 가져다 줘."

"저 밥 먹었어요. 붕어찜 먹었어요."

코리아나 아저씨는 그래도 아직 화가 안 풀린 표정이었다. 창문 밖으로 분홍색 꽃이 수놓아진, 하얀 수술이 매달린 화려한 백족 모자를 쓴 여인이 나에게 손을 흔들며 지나갔다.

"백족 친구가 어딨냐고……아니 어제 생전 처음 따리 온 사람

이 오늘 갑자기 백족 친구 따라서 자러 갔다고 하면 놀라지 않을 사
람이 어딨냐고.”

“여기 담벼락 밑에서 장사하는 아줌마들……그중에 스물여섯
살짜리가 있어요.”

아저씨는 창문 밖으로 고개를 내밀었다. 코리아나의 담벼락에
의지해 노점상을 차린 아줌마들이 작은 나무의자를 놓고 옹기종기
앉아서 수를 놓고 있었다.

“저 아줌마들이 친구야? 저 아줌마들 따라갔다 온 거야?”

버스를 타러 가는 길에 쩡이 케이크점에 들렀다. 내일이 딸아
이의 생일이라고 했다.

“그럼 나도 선물을 하나 살게.”

나는 쩡의 아이에게 줄 옷을 한 벌 샀다. 쩡은 고기와 옥수수를
샀다.

쩡의 마을로 가는 미니버스에는 따리에서 장사를 하다가 집으
로 돌아가는 백족 사람들로 가득했다. 나는 유일한 외국인이었다.
쩡은 그들과 백족어로 이야기를 주고받았다.

“누구니?”

“친구.”

사람들이 나에 대한 질문을 하는 것 같았다. 미니버스는 비포장 길로 접어들었다. 간간이 사람들이 내리고 또 탔다. 가로수가 울창한 길 옆에는 벼가 자라고 있는 논이 이어졌다.

"한국하고 비슷해. 고향에 온 거 같아."

신의 귀한 보물이 지상으로 떨어졌다. 보물을 찾으러 내려온 이들이 땅을 팠다. 보물은 쉽게 나타나지 않았고 파 올린 땅은 산이 되었다. 보물을 찾기 위해 판 땅에는 물이 고여 거대한 호수가 되었다. 얼하이(耳海)호. 얼하이는 그 이름처럼 바다 같았다. 끝이 없는 바다, 해발 이천 미터의 그곳은 그렇게 거대한 바다를 이고 있었다. 그리고 얼하이와 나란히 끝없이 이어지는 챵산(蒼山). 사람들은 챵산의 둘레와 얼하이의 둘레가 비슷하다는 말로 그들의 전설을 설명했다.

쩡의 집으로 가는 비포장 도로를 달리고 달려도 얼하이는 끝나지 않았다. 사람들은 얼하이의 언저리에, 혹은 챵산의 기슭에 하얗게 회칠을 한 집을 짓고 모여 살았다. 우리는 꼬박 두 시간 동안 덜컹거리는 미니버스를 타고서야 쩡의 마을에 도착했다. 구멍가게가 하나 있는 조용한 시골이었다.

쩡의 딸아이는 엄마를 보자마자 반가움에 울기 시작했다. 쩡은 따리에서 장사를 하느라 며칠 걸러 한 번씩 집에 들어간다고 했다.

집은 'ㅁ'자 구조였다. 마당을 가운데에 두고 이층으로 된 집이 네모로 이어져 있었다. 제법 커다란 집에 각기 다른 네 가족이 함께 살고 있었다. 쩡의 가족과 또다른 모든 가족은 나를 따뜻이 맞이했다. 쩡의 식구는 외할머니와 쩡의 부모님 그리고 쩡의 남편과 딸, 모두 여섯이었다.

"어서 와요. 한국에서 왔다고요."

쩡은 이미 한국인 친구를 데리고 집으로 간다고 전화를 해둔 상태였다.

"차를 마시나요?"

좌식으로 꾸며진 거실은 가족 사진과 꽃으로 장식되어 있었다. 나는 쩡의 어머니가 내준 차를 즐겼다.

그 집에 사는 여자들이 봉당에 앉아서 바느질을 하고 있었다. 하얀 무명천에는 수많은 점이 찍혀 있었다. 여자들은 점과 점을 꿰어서 실을 잘랐다.

"쩡, 저건 뭘 만드는 거야?"

"우리가 파는 나염, 저렇게 실로 꿰맨 다음에 염색을 해야 무늬가 나오는 거야."

바느질은 백족 특유의 나염을 하기 위한 초반 작업이었다. 나는 쩽의 이웃에게서 바느질을 배웠다. 여인들은 내게 골무를 건넸고, 백족 마을에는 차분히 밤이 내려앉기 시작했다.

식사시간이 되자 쩽의 가족과 내가 모였다. 부엌에는 키 작은 식탁이 놓여 있었다. 커다란 화덕도 하나 있었다. 쩽의 어머니는 그 둥글고 큰 화덕에서 요리를 했다. 쩽의 아버지는 키가 크고 인물이 좋은 사람이었다. 벽의 움푹 들어간 곳에 놓아두었던 맥주를 나에게 따라 주었다. 쩽의 아버지와 남편, 그리고 나는 함께 맥주를 마셨다.

"한국은 여행이 자유로운가 봐. 여자 혼자 이렇게 먼 곳에 올 수도 있고."

그들은 한국에 대해 이러저러한 것들을 물었다. 나는 쌀가루를 반죽하여 얇게 밀어서 말려두었다가 튀기는 형형색색의 백족 음식을 좋아하게 되었다. 이국의 어두운 부엌 안의 저녁식사는 즐거웠다.

저녁식사를 마친 이웃들이 다시 봉당에 모여 앉았다. 불을 밝힌 백열등, 네모진 마당 위로 네모난 하늘이 올려다보였다.

"한국 노래를 들려줘."

나는 태어나서 처음으로 혼자 아리랑을 불렀다. 여자와 아이들은 나의 노래를 따라 불렀다.

"우리를 두려워하지 말고 편히 머물다 가렴. 그리고 다음에는 남자 친구와 함께 와, 그럼 저 이층에서 둘이 묵게 해줄게."

손녀를 업은 할머니가 내 손을 잡고 이야기했다.

밤이 깊어지자 쩡은 따리에서 산 옥수수를 쪄왔다. 쩡은 옥수수를 반 토막으로 만들어 봉당에 모여 앉은 이웃들에게 하나씩 나누어주었다. 그리고 나에게는 제일 큰 걸로 골라서 하나를 통째로 건넸다.

그날 밤 나는 잘 꾸며진 신방으로 안내되었다. 장롱이며 화장대, 그리고 더블침대가 갖추어진 방이었다. 침대는 하늘거리는 분홍색 커튼으로 장식되어 있었다.

"누구의 방이야?"

"언니, 쿤밍에 일하러 가서 지금은 없어. 오늘밤은 네가 여기에서 자."

방 안에는 쿤밍에서 미용실에 다닌다는 쩡의 언니와 내가 묵었던 중옥반점에서 일한다는 형부의 결혼사진이 붙어 있었다.

“무엇을 좋아하는지 몰라서, 한국에서도 이런 거 먹나?”

다음날 아침 식탁에는 붕어찜이 올라왔다. 쩡의 아버지가 새벽에 얼하이 호숫가로 가서 사온 것이라고 했다. 나는 파와 여러 가지 양념이 들어간 붕어를 맛있게 먹었다. 쩡의 어머니는 나의 밥그릇에 자꾸만 붕어를 한 마리씩 얹어주었다.

“아버님, 함께 사진 찍어요.”

쩡의 아버지와 남편은 거실에서 의자 두 개를 들고 나왔다. 그리고 조각으로 장식된 거실의 육중한 문을 닫고 그 앞에 의자를 놓았다. 쩡의 외할머니와 쩡의 어머니는 새 신으로 바꾸어 신고 의자에 앉았다. 우리는 가족 사진을 찍으러 사진관에 앉은 사람들처럼 웃고 있었고, 쩡의 이웃은 이, 얼, 싼을 외치며 셔터를 눌렀다.

“나는 여기 살면서도 깊은 백족 마을에는 못 가봤는데, 아무튼 무사히 즐겁게 잘 다녀왔으니까 다행이야. 하지만 공안도 없고 여행객도 하나 없는 그런 곳에 혼자 들어가면 안 되지. 그래도 좋은 사람들이라 다행이었지. 혹시 알아……누가 여권 뺏고 돈 뺏고 죽여서 어디다 묻어버리면, 그냥 그걸로 끝이지. 어디 가서 찾을 수나 있겠느냐고."

나의 이야기를 들은 코리아나 아저씨는 한숨을 내쉬었고, 나는 코를 찡긋하며 웃었다.

그날 나는 코리아나 담벼락 아래 앉아서 수를 놓았다.

집요한 노점상

여자들은 모두 집요했다.

한번 그들의 레이더망에 걸려들면 끝까지 쫓아갔다. 팔찌를 걸어주고, 머리에 핀을 꽂아주고……어쩌다 그들에게 팔목을 잡힌 사람은 끝내 무언가를 사야 했다. 일용할 양식을 벌어야 하는 아줌마들의 집요함을 벗어나는 방법은 없었다. 누군가는 화를 내기도 했고, 누군가는 피구를 하는 사람처럼 몸을 놀려 도망하기도 했다.

북적이는 카페 거리에서 살짝 골목으로 들어앉은 집에는 갖가지의 토산품들이 즐비했다. 그들은 장사를 위해 임대한 그 집에서 먹고, 자고, 물건을 팔고, 가끔씩 가족이 있는 마을로 돌아갔다.

그들의 집요함은 나에게도 예외가 아니었다. 코리아나의 대문을 들락거리는 나는 그들의 집중 타깃이 되었다.

"나는 아직 물건을 살 수 없어. 나는 여기에 한 달 동안 있을 거야. 돌아갈 때가 되면 꼭 많은 물건을 사줄게."

한 달 동안 머물 것이라는 말에 그들이 나를 놓아주었다. 나는 집요한 그들이 눈에 띌 때마다 웃으며 인사를 했다.

"여기 앉아봐."

숙취에 찌든 몸을 초로의 마사지숍에 맡겼다가 돌아오는 길, 코리아나의 담벼락 아래에는 여전히 그들이 앉아 있었다. 나는 그들이 권하는 작은 나무의자에 흔쾌히 앉았다.

"몇 살이야? 결혼은 했어."

"아직……."

"남자 친구는 없어? 왜 혼자 왔어?"

그때 검게 그을린 젊은 여자가 우리가 앉아 있는 코리아나 담벼락 아래로 돌아왔다. 그녀가 쩡이었다.

"친구 하면 되겠네. 나이가 비슷해. 쩡은 스물여섯인데 결혼해서 아기도 있어."

나는 그들이 임대해 살고 있는 집으로 따라 들어갔다. 그리고 그들이 권하는 대로 백족의 모자도 써보고 옷도 입어보았다.

"지금은 살 수 없어. 나중에 꼭 살게. 지금 많이 사두면 보관하기도 어렵고 짐만 될 거야. 약속할게."

나는 손가락을 걸었다. 그리고 함께 차를 마시며 이런저런 이야기를 나누었다. 그때 쩡이 오늘은 집에 돌아가야 한다는 이야기를 했다.

"집이 여기서 멀어?"

"버스 타고 두 시간은 가야 해."

"나도 데려가, 나도 가고 싶어."

나는 무엇에 홀린 듯 순식간에 말했다. 그들은 잠시 내가 알아들을 수 없는 백족어로 이야기를 나누었다.

"그래, 같이 가자."

갑작스러운 떠남

관광을 나갔던 한국인 배낭객들이 저녁이 되자 코리아나로 모여들었다. 카페들은 외등을 밝히기 시작했다. 코리아나의 야외 테이블에서 시작한 한국인 여행자의 회합은 길게 이어졌다.

"여행 온 것이었어요? 저는 여기 다니러 온 친척인 줄 알았어요."

누군가 나에게 그런 말을 했다.

"제일 좋은 팔자야. 어젯밤은 백족 마을 가서 자고 오지를 않나, 아까도 보니까 백족 사람들하고 쪼그리고 앉아서 수놓고 있더라고, 커피 마시며 그리스 로마 신화나 읽고 있고……진짜 제일 가는 여행이라니까."

코리아나의 아저씨가 내 어깨를 치며 이야기했다.

"창산을 말을 타고 오르는데, 차라리 걷는 게 낫겠더군요. 어찌나 힘들던지. 삼탑사는 다녀왔나요?"

"버스 타고 지나가면서 탑 봤어요."

"돈 들이고 시간 들여서 여기까지 왔으면 호접천에도 가보고, 창산에도 올라가고 그래야 하는 거 아녀요? 아깝잖아요."

"네, 맞아요. 마음 내키면 가려고 해요."

따리에서의 셋쨋날 밤은 삼겹살 냄새와 맥주에 묻혀 그렇게 지나갔다.

그날 밤 침대에 들어서 나는 문득 떠나야겠다는 생각을 했다. 코리아나의 객실은 호텔처럼 깨끗했고 모든 것이 만족스러웠다. 종업원들도 더없이 상냥했다. 모든 사람에게 집요한 백족들도 이제는 친구가 되었고 모든 것은 완벽했다. 하지만 나에게는 떠나야 한다는 생각이 밀려들었다.

지나친 안락함과 풍요로움. 나의 피는 공주의 피가 아니었다.

그날 밤 나는 보라색 슈트케이스에 짐을 꾸렸다. 그리고 새벽에 일어나서 리지앙으로 가는 첫차에 몸을 실었다. 나는 체크아웃을 담당한 아줌마에게 단지 리지앙으로 떠난다는 말을 남겼다.

따리 귀환 파티

코리아나의 아저씨에게도, 물건을 사주기로 약속한 백족 친구들에게도 인사를 하지 못하고 충동적으로 떠났던 나. 리지앙의 생활은 내가 꿈꾸던 행복의 나날이었지만 나는 문득문득 따리의 사람들 생각이 났다.

"비행기 타러 쿤밍으로 가기 전에 따리 먼저 들른다고 전해줘."

리지앙에서 만난 룽과 련이 따리로 가는 날, 나는 내 친구들에게 안부인사를 전해달라는 부탁을 했다. 청도에 앉아서 장사를 하다가 가끔씩 만나는 한국인 여행객에게도 코리아나 게스트하우스를 소개해주고 안부를 전해달라는 부탁을 했다.

한국행 비행기를 타야 할 날은 바짝바짝 다가왔고, 나는 20여 일만에 따리로 돌아갔다. 나의 가슴속에는 재회할 친구들에 대한 작은 떨림이 있었다. 따리에 도착한 나는 보라색 슈트케이스를 끌고 익숙한 카페 거리를 걸어 내려갔다.

"너 왔구나."

언젠가 본 적이 있는 따리의 사람들이 나에게 인사를 건넸다. 코리아나 아저씨는 부재중이었다. 나는 내 친구들이 앉아 있던 담벼락 아래로 갔다.

"드디어 왔구나, 그동안 밥은 먹었어? 굶지는 않았어?"

노점을 하는 그들 중 가장 나이 많은 언니 혼자 의자에 앉아 수를 놓고 있었다.

"다들 잘 있죠? 어디 갔어요?"

"물건 팔러."

큰언니는 그들이 임대해 살고 있는 집으로 나를 데리고 갔다. 그리고 나를 위해 상을 차렸다. 나는 큰언니의 부엌에서 맛있게 백족의 음식을 먹었다. 얼마 후에 쩡이 들어왔다. 나를 본 쩡의 눈에는 눈물이 글썽였다.

"한국으로 돌아갔나, 어디에서 죽었나 걱정했어."

"내가 따리로 오는 사람들에게 소식 전했는데……들었어?"

나는 그들에게 리지앙에서 찍은 사진을 보여주며 그동안 있었던 일들을 이야기했다.

"오늘 저녁도 여기에서 먹어. 고기 좋아해? 내가 맛있는 것 해줄게."

얼굴이 동그란 또다른 백족 언니가 저녁식사에 나를 초대했다. 문득 따리가 나의 고향처럼 느껴졌다.

저녁 무렵이 되어서 출타중이었던 코리아나 아저씨가 돌아왔다. 아저씨는 나를 보더니 놀란 입을 다물지 못했다.

"간간이 바람결에 소식이 오기에, 아직 윈난에 있나 보다 했어. 배 안 고파? 밥은 잘 먹고살았어? 오늘은 함께 맛있는 저녁을 먹어야겠네."

"오늘 백족 아줌마가 같이 저녁 먹자고 했어요."

"그래? 그 사람들도 네 걱정 많이 했어. 나만 보면 보경 씨 소식을 물었다니까……얼마나 많은 사람들이 보경 씨 걱정을 하고 산 거야."

그날 밤 나는 백족 아줌마의 저녁 초대에 응하지 못했다. 대신 코리아나의 노천카페에서는 커다란 파티가 벌어졌다. 코리아나 아저씨는 내 친구인 백족 아줌마 네 명과 큰언니의 남편, 그리고 코리아나 옆에 있는 옷가게 사장 할아버지까지 많은 사람들을 초대했다. 코리아나 주방장의 한국 요리로 식탁은 풍성했고, 중국 요리도 배달시켰다.

"오늘 이렇게 여러분을 모신 것은 갑자기 사라졌던 쩐징이 무사히 돌아왔다는 기쁨과 이웃에 살면서도 한 번도 함께 자리할 기회가 없었던 이웃들끼리 잘 지내보자는 뜻과, 나의 동생이나 마찬가지인 쩐징을 따뜻하게 보살피고 도와준 것에 대한 감사의 뜻도 있습니다. 맛있게 드시고 술도 많이 마시세요."

코리아나 아저씨는 통역을 시켜서 이런 이야기를 그들에게 전했다.

"쩐징 고마워. 사장 무서운데, 우리 여기서 장사하지 못하게 쫓아내기도 하고, 카페의 손님에게 물건 팔려고 하면 소리도 지르고……그런데 쩐징이 돌아온 덕분에 이런 자리가 생기다니……쩐징에게 고마워."

나의 백족 친구들은 코리아나 아저씨의 따뜻한 초대와 대접을 감사해했다.

두번째 백족 마을 방문

따리 귀환 파티가 거나하게 열렸던 다음날, 약속대로 백족 친구들에게서 제법 많은 물건을 구입했다. 나는 주로 나염된 테이블보를 샀다. 그들은 내가 보기에도 퍽 싼 가격을 불렀다.

그들은 중국식 웃옷을 사려고 하는 나를 위해 공장으로 데리고 갔다. 정신없이 미싱이 돌아가고 있었다.

"여기서 맞추는 게 훨씬 싸고 좋아. 맘에 안 들면 고쳐주기도 하고."

그들은 계속 흥정을 했고, 내 치파오의 가격은 자꾸 내려갔다. 나는 제법 싼값에 보라색 옷을 맞출 수 있었다.

그리고 그토록 집요하게 따라다니며 팔던 반지, 팔찌, 머리핀을 이별의 선물로 나에게 주었다.

"이거 파는 거잖아. 돈도 많이 못 벌면서 이런 거 나한테 주면 어떡해."

"괜찮아, 이건 싼 거야. 다음에 또 올 거지? 내년 여름에 꼭 와. 그리고 결혼도 하고, 내가 아기 업는 포대기 만들어줄게."

그날 오후 나는 쩡을 따라서 그녀의 집으로 갔다. 그녀의 가족은 여전히 따뜻했다. 내 걱정이 많았다고 했다. 나는 밤이 늦도록 리지앙에서 있었던 이야기를 들려주었다.

쩡의 어머니는 나에게 흰색, 노란색, 빨간색, 녹색의 백족 음식을 차곡차곡 담은 상자를 선물했다. 쩡은 나에게 조리법을 알려주기 위해 어머니가 화덕 위의 무쇠솥에서 기름에 튀겨내는 걸 지켜보게 했다. 바싹 말린 얇고 가는 그것은 기름 속에서 몇 배로 부풀었다. 쩡의 어머니는 한국에 가지고 가서 나의 부모님과 함께 먹으라고 했다.

"부서지기 쉬우니까 조심해서 다루고, 서늘한 곳에 두면 몇 년이 지나도 변하지 않는 거니까 잘 먹어. 그리고 비행기에서 절대로 다른 물건을 위에 올려놓으면 안 돼."

쩡의 아버지는 주소와 전화번호를 적어주었다.

"내년에도 다시 와. 그땐 꼭 남자 친구랑 함께 와서 세 밤 자고 가야 해."

남자 이야기

세상의 모든 헤어짐은 사랑하지 않기 때문이에요. 사랑하는데도 헤어지는 법은 없어요. 그 여자분 더이상 당신을 사랑하지 않는 거예요.

채팅 남녀

첫번째 커플

롱이 아직 리지앙에 있던 어느 날 비가 많이 내렸다.

우리는 수시로 들락거리던 청도로 뛰어들었다. 뮬란처럼 생긴 여자가 액세서리를 고르고 있었다. 우리는 그녀의 액세서리 고르기에 연신 참견했다: 다행히 그녀는 우리가 골라준 것을 구입했다. 비는 더 많이 내렸고, 우산이 없는 그녀 역시 우리와 함께 청도에 눌러 앉았다. 고향은 난징(南京)이고 상하이(上海)에서 일하고 있다고 했다.

비가 그쳤고 그녀와 헤어졌다.

저녁을 먹을 시간이 되자 롱과 나는 사쿠라 카페로 갔다. 파라솔 아래 테이블에서 누군가 우릴 불렀다. 그녀였다. 그녀는 튼튼해 보이는 남자와 함께 있었는데, 그의 양해를 얻더니 우리를 합석시켰다. 남자는 광저우(廣州) 사람이었는데 자신을 축구광이라고 했다.

"멋진 식당이 있는데, 우리와 함께 가지 않겠니? 그곳 훠궈(샤

브샤브)는 최고야."

그 광저우 사람은 우리에게 동행을 청했고, 우리는 기꺼이 그들을 따라 식당으로 갔다.

그녀의 움직임은 아주 느렸다. 젓가락질도, 음식을 씹는 모습도, 찻잔을 드는 것도, 홍등이 가득한 리지앙의 운하를 바라보는 눈길도…….

나는 그녀의 움직임이 스르르 움직이는 디즈니 만화영화의 여주인공 같다고 생각했다. 혹은 불란서 영화 〈사랑한다면 이들처럼〉의 여주인공이 이발소에서 일하던 그 느릿한 움직임을 떠올렸을 것이다.

그녀는 전투적인 뮬란이 아니라, 고혹적인 뮬란이었다.

남자는 기름져 보였고, 촌스럽지 않았고, 영어로 말하기를 좋아했고, 입냄새가 났다.

다행히 우리 넷은 의기투합했고 저녁식사는 즐거웠다. 저녁식사 후 우리는 가볍게 산책을 하고 술을 마시기로 했다. 그녀는 내 팔짱을 끼고 걸었다. 그리고 이런 이야기를 들려주었다.

"저 남자는 나의 남자 친구가 아냐……결코 아냐……내 남자 친구는 오스트레일리아에 있어……저 남자와는 채팅을 해서 알게 된 사이야……너도 채팅 하니? 저 남자와 채팅을 한 지 석 달 되었는데……쿤밍 공항에서 만나는 순간 모든 꿈이 깨졌어……그는 너무 지루해……너의 친구는 귀여워……이번 여행이 끝나고 상하이로 돌아가면……다시는 그와 연락하지 않을 거야……채팅도 하지 않을 작정이야……never, never……나는 이 여행이 빨리 끝나기를 바랄 뿐이야……너희 혹시 중디엔에 가지 않니? 우리와 같이 갔으면 좋겠어…….”

그날 우리는 제법 많은 술을 마셨는데 나중에는 타이완 사람들까지 합석해서 리지앙의 카페 거리를 아주아주 시끄럽게 만들어버렸다.

두번째 커플

아니 이들을 커플이라고 할 순 없다.

그들은 셋이었다. 남자 둘과 여자 하나.

롱이 리지앙에 있을 때, 우리는 1박 2일간의 호도협(虎渡峽) 트레킹을 갔었다. 우리 일행도 셋이었다. 롱과 나, 그리고 련이라는 여학생, 그녀는 베이징에서 어학연수중이었다.

우리는 리지앙에서 호도협 트레킹의 관문인 따쥐(大具)로 가는 미니버스를 탔다. 미니버스에는 서양인이 가득했다. 세 명의 중국인 일행과 우리 일행은 몇 안 되는 검은머리였다. 롱은 그 중국인 여자가 너무 예쁘다고 했다. 딱 자신의 스타일이라고 했다. 사실 자그맣고 예쁜 여자였다. 롱은 트레킹을 하면서도 계속 그들의 관계를 추측했다.

"험한 길, 손을 잡고 걷지 않는 걸로 보아 애인은 아니고, 말하는 내용으로 보아 친척도 아니고, 회사 동료쯤."

해는 저물었고, 우리는 티나하우스라는 산장에서 1박을 해야 했다. 중국 남자가 우리에게 제안을 했다. 그 중국 여자와 나와 런이 한 방을 쓰고, 자신들과 롱이 같이 방을 쓰자고, 물론 우리는 흔쾌히 수락했다. 그리고 그들과 저녁도 같이 먹고 밤늦도록 카드를 하며 친해졌다. 롱은 당연히 그들의 관계를 물었다.

"채팅, 함께 채팅을 했어."

남자 둘은 베이징에서 대학을 다니고 있고, 여자는 상하이에서 회사를 다닌다고 했다. 그녀는 하얼빈이 고향이라고 했다. 그리고 채팅을 통해 열흘간의 여행을 계획했고, 처음 얼굴을 보게 된 것이라고 했다.

나는 예쁜 그녀에 비해 촌스럽게 생긴 두 남자를 본 소감이 어떠냐고 묻고 싶었고, 엄청난 거리와 시간을 사이에 둔 번개에 대해 묻고 싶은 게 너무 많았지만……착해 보이기만 하는 그녀에게 그런

짓궂은 질문을 할 수가 없었다. 이튿날 아침, 그들은 설산을 향하여 출발했고, 우리는 나의 징징거림 탓에 하산을 택했다.

그후 리지앙에서 가족들을 위해 쇼핑중인 그들을 우연히 만났는데, 제법 가까워져 있는 듯했다. 롱과 나는 그녀가 면도를 아직 시작하지 않은 듯 보이는 남자와 여드름이 났다 들어갔다 하는 남자 사이에서 갈등하다가 그냥 오누이로 가닥을 잡았을 거라는 통속적인 이야기를 나누었다.

독일로 간 남자

"따리 가는 버스 어디서 타죠?"

"터미널에 가면 많아."

"가이드북에 보면 어느 호텔 앞에 싼 미니버스가 있다고 나오는데……."

내 말을 들은 쿤밍의 아저씨는 웃었다.

"그건, 씩씩한 배낭 여행객들이 타는 거지."

"저도 배낭 여행객이에요. 나름대로 씩씩하기도 하고요."

아저씨 말에 의하면 튼튼한 열쇠를 매단 커다란 배낭을 매고, 산에도 오를 수 있는 복장에 남녀 불문하는 도미토리에 묵겠다는 표정을 지닌 사람이 배낭 여행객이었다.

"너는 기본이 안 되어 있어. 바퀴 달린 가방을 들고, 너풀대는 치마를 입고 미니버스에 타는 사람은 없어."

결국 나는 쿤밍의 장거리 터미널에 가서 대우에서 만든 큰 버스에 올랐다. 버스비는 110위안이었고 승객은 여섯 명이었다. 친구로 보이는 두 명의 여자와, 한 쌍의 연인, 나, 그리고 오래도록 감지 않아 떡진 머리를 한 남자 한 명. 버스의 안내원은 생수를 한 병씩 나눠주고, 버스회사 로고가 적힌 재떨이도 기념품으로 주었다.

따리로 가는 길은 예상보다 지루했다. 별다를 것 없는 중국의 길이었다. 버스에서는 투명인간이 되어버린 남자를 다룬 미국영화가 방영되었다. 나는 몹시 지루해, 『이윤기의 테마별 신화 읽기』를 뒤적이기도 하고, 눈을 감고 잠을 청하기도 했다.

"곧 휴게소에 도착합니다. 모두들 밥을 먹도록 해요."

안내원은 승객을 휴게소의 식당 안으로 안내했다. 나는 음료수 나 하나 마실 생각이었다. 승객의 수만큼 식판이 나왔다. 몇 가지의 반찬과 밥이 담긴 식판.

"나는 배고프지 않아요."

"버스비에 밥값까지 포함된 거니 그냥 먹도록 해요."

안내원은 나에게 말했다. 나는 유일한 외국인이었다.

버스가 떠날 시간이 되었고, 나는 처음에 앉았던 자리에 다시 앉았다.

"어느 나라 사람이니?"

"한국인."

머리가 떡진 남자가 나의 앞자리에 앉더니 말했다.

"네가 보는 책을 잠시 보여주겠니?"

나는 사진이 많은 『이윤기의 테마별 신화 읽기』를 그에게 건넸다. 그는 책을 넘겨보고는 내게 건넸다.

"너와 이야기해도 되겠니? 이야기하면서 가고 싶어."

나는 고개를 끄덕였고, 그는 내 옆자리로 왔다. 나는 통로를 건너 뛴 옆자리에 그가 앉아주기를 바랐다. 기름기로 떡진 그의 머리가 부담스러웠기 때문이었다.

그의 목소리에는 제법 예의가 있었다.

"나에게도 한국인 친구가 있어. 베이징에서 대학을 다닐 때 기숙사에 한국 사람이 있었어."

그는 또박또박 보통어로 말했고, 내가 알아듣지 못하면 영어로 설명을 했다. 그리고 다친 왼손을 보여주었다. 그의 왼손은 가늘게 떨렸다. 그는 왼쪽 손가락을 움직이지 못했다. 손이 불편해서 머리를 감지 못한 것 같았다.

"왜 다쳤나요?"

그는 설명을 했지만 나는 그 말을 알아듣지 못했다.

"어디에 가나요?"

"시아관, 당신은 따리 고성에 가나 봐."

"시아관이 집이에요?"

그는 친구를 만나러 가는 길이라고 했다. 원래 쿤밍이 고향인 그는 대학 졸업 후 쿤밍에 있는 담배회사를 다녔다고 했다. 그리고 주머니에서 담배를 꺼내 보여주었다. 자신이 다니고 있는 회사의 제품이라고 했다. 그런데 곧 독일로 유학을 가게 되었다고, 그래서 떠나기 전에 시아관에 있는 친구를 만나려 한다고 했다. 그와의 대화는 그런 대로 재미있었고, 버스의 종점인 시아관에 지루하지 않게 도착할 수 있었다.

"버스는 여기서 멈춰. 고성에 가려면 여기서 택시를 타야 해."

버스 기사는 수화물칸에 있는 짐들을 내렸다. 나의 보라색 가방도 내려졌다. 그는 나의 가방을 끌고 택시를 잡았다. 택시 기사는 가방을 트렁크에 실었다.

"고마워요. 독일 가서 공부 잘 하세요."

"내가 고성까지 데려다줄 생각이야."

"괜찮아요. 혼자 갈 수 있어요. 당신은 이제 친구를 만나러 가야지요."

하지만 그는 택시에 올랐고, 택시는 출발했다.

“고성에서는 어디에 묵을 거야? 예약된 곳이 있냐?”

“한국인 게스트하우스에 예약이 되어 있어요.”

나는 코리아나의 명함을 내밀었다. 그는 핸드폰으로 코리아나에 전화를 했다. 아마도 위치를 묻는 듯했다. 그는 택시 기사와 목적지에 대한 이야기를 나누었다.

시아관에서 따리로 가는 길은 길고긴 가로수 길이었다. 택시는 먼지를 풍기며 달렸고 간혹 덜컹거리기도 했다. 택시 기사와 그는 알아들을 수 없는 언어로 이야기를 나누었다. 택시는 가로수 길의 한가운데 멈추어 섰다. 다른 차들이 우리가 탄 택시를 피해서 지나갔다.

“이메일 주소를 알려줘. 그리고 나의 핸드폰 번호를 적도록 해.”

나는 멈추어 선 택시 안에서 메일 주소를 적어주었고, 그는 내 수첩에 자신의 이름과 핸드폰 번호를 적었다. 택시는 다시 출발했다.

“언제쯤 쿤밍에 돌아올 거니?”

“나는 여기서 한 달 정도 있을 예정이에요.”

“그럼 내가 이미 독일로 간 이후겠구나. 나는 보름 후에 독일로 가. 혹시라도 네가 빨리 쿤밍으로 돌아오게 된다면 꼭 나에게 전화해줘."

멀리 고성의 윤곽이 보이기 시작했다. 여행자들이 마차를 타고 유람하고 있었다. 신기루 같았다.

"성문으로 차가 진입할 수 없어. 돌아서 들어가야 해."

택시는 마차 위에서 웃고 있는 여행자들을 따라 성곽을 돌았다. 마침내 택시는 멈추어 섰다.

"얼마죠?"

나는 택시 기사에게 물었다.

"30위안이야. 내가 낼 거야."

그는 재빨리 택시비를 지불했다. 그때 한국인으로 보이는 아저씨가 우리 쪽으로 다가왔다. 코리아나의 아저씨였다. 그는 보라색 가방을 코리아나 아저씨에게 넘기고 다시 택시에 탔다.

귀국하기 직전, 쿤밍으로 돌아갔을 때 나는 그 남자가 적어준 핸드폰 번호를 눌러보았다.

"없는 번호입니다."

"담배회사에 다니면 쿤밍에서 제일 가는 엘리트야. 윈난성 세금의 대부분은 담배회사에서 내는 거야."

훗날 내가 그의 이야기를 아저씨에게 들려주었을 때, 아저씨가
한 이야기다. 그는 이미 독일로 간 남자였다.

헌팅하는 공안

도어맨에게 젊은 사람과 술집이 많은 곳을 알려달라고 했다.

"쿤두."

푸른 제복의 도어맨은 택시를 원하느냐고 물었다. 나는 고개를 끄덕였다. 그는 호텔 앞에서 대기중이던 택시를 불렀고, 기사에게 나의 행선지를 이야기해주었다.

쿤두는 어디든 라이브 바였고, 사람으로 넘쳐났다.

나는 파라솔이 가득한 이층에 앉아서 코로나 한 병을 주문했다. 복무원은 코로나를 얼음이 든 잔에 따라 주려고 했다.

"원하지 않아요. 그냥 마실게요."

앳된 얼굴의 복무원에게 웃어주었다.

혼자 앉아서 병째 코로나를 마시며 가끔 라이브 가수의 사진을 찍는 내가 누가 보기에도 외국인 같았나 보다. 주변의 사람들이 자꾸 힐끔거렸다. 그곳은 여행자의 거리가 아니라 그냥 젊은이의 거리였다. 가수의 노래에 사람들은 열광했다.

바로 옆 테이블에서 자꾸 나를 쳐다보던 어떤 아저씨가 결국 나에게 말을 걸었다.

"아가씨 어디 사람이죠?"

"한국인."

전형적인 중국인으로 보이는 세 명의 아저씨와 인상 좋은 아줌마 한 명. 그들은 한참 수군거리더니 나에게 합석을 제의했다. 맘에 드는 대화 상대는 아니었지만 나는 점점 심심해졌고 달리 선택의 여지가 없었다. 차를 마시고 있던 그들은 내게 잔 하나를 건넸다. 그리고 끝없는 질문에 질문을 시작했다. 나는 아마도 다음과 같은 답을 했을 것이다.

1. 한국인

2. 혼자 여행중

3. 이제 거의 한 달이 되었고……모레면 한국으로 돌아감

4. 리지앙에서 20일간 머물렀음

5. 옥룡설산은 가보지 않았음

6. 다음 번에 가면 되지

7. 중국은 이번이 세번째

8. 글쎄……리지앙과……99년에 간 내몽골이 인상적이었음

9. 중옥반점에 머물고 있음……물론 혼자

10. 606호

11. 쿤밍에선 가본 데가 서산뿐임

"북남관계에 대해선 어떻게 생각하니?"

나는 과장된 어깻짓을 한 번 하고 웃었다.

"우리는 중국 경찰이야. 여자 혼자 여행하는 것은 너무 위험해."

그들 중 한 명이 종이에 '절대주의요망' 이라고 써주었다.

"여행은 항상 즐거웠어요. 내가 만난 중국 사람들은 모두 친절했어요."

"중국 경찰에 대해 어떻게 생각하지?"

역시 어려운 질문이었다.

"나는 당신들이 모두 귀여운 얼굴이라고 생각해요."

그들은 크게 웃었다.

내 궁색한 중국어로 이야기할 밑천이 드러났다. 나는 점점 그들이 지겨워졌다.

"시간이 늦어서 이제 돌아가야겠어요."

"우리가 공안차로 데려다줄게."

"택시 타면 돼요. 올 때도 택시로 왔어요."

하지만 그들은 택시는 위험하다고 말했다. 꼭 자신들이 데려다 주어야겠다고 했다. 그 말을 하는 공안 아줌마의 인상이 너무 좋았 기 때문에 나는 바보같이 그들을 믿어버리기로 했다.

"쿤밍에도 좋은 곳이 많아. 우리가 내일 안내해줄게. 괜찮겠 니?"

"네. 좋아요. 모레는 이곳을 떠나요. 내일이 마지막 여행이죠."

"그럼 우리가 내일 아침 9시에 중옥반점으로 갈게. 잊지 말고 꼭 나와."

그들을 따라 공안차를 타러 가는 길은 끝이 안 났다. 이미 시간 은 12시를 넘었고 길에는 사람도 차도 드물었다. 스스로 공안이라 고 하는 중국 아저씨 세 명과 아줌마 한 명, 나는 그들과 어두운 밤 길을 계속 걸었다. 순간순간 두려움이 나를 섬뜩하게 했다. 하지만 그들을 따라 꿋꿋하게 걸을 수밖에 없었다. 이미 나는 선택의 여지 가 없는 게임에 발을 들여놓은 것이었다.

마침내 도착한 곳은 윈난공안띵이었다. 우리나라로 치면 지방 경찰청.

그들은 하얀 미쓰비시 공안차에 나를 태우고 문을 닫았다.

"저 사람들은 왜 타지 않죠?"

차안에 탄 사람은 나와 기사 둘뿐이었다. 기사는 말없이 웃기만 했다. 나는 이내 이유를 알았다. 사람들이 모두 차를 밀기 시작한 것이다. 시동이 걸렸다.

"중국 공안은 가난해서 차를 밀어야 시동이 걸려."

그들은 유쾌히 웃었고, 나는 무사히 호텔로 돌아왔다.

샤워를 마치고 침대에 누웠을 때 인터폰이 울렸다. 인상이 좋았던 아줌마였다.

"내일의 약속을 잊지 않았니? 내일 나는 일이 있어서 동행하지 못해. 즐거운 여행이 되길 바랄게. 아침 9시에 꼭 로비로 나와."

물론 나는 다음날 그들을 만났다.

세 명의 아저씨 공안, 그리고 배가 나오고 금팔찌를 하고 머리에 기름을 바른 공안 아저씨가 한 명 더 나왔다. 그는 부자 같았다. 다른 공안 아저씨들은 모두 반짝이는 구두를 신은 그의 말을 따랐다.

우리는 공안차를 타고 민족촌으로 갔다. 금팔찌 아저씨가 입장권을 끊어서 왔다.

"내 입장권 값은 내가 낼게요."

"아냐. 우리는 공안증을 보여주고 할인을 받아. 너는 돈을 낼 필요가 없어."

그들과의 민족촌 관람은 즐거웠다. 그곳에는 백족 마을, 태족 마을, 묘족 마을 등 윈난성에 있는 소수민족 마을이 재현되어 있었다. 따리에 있는 삼탑사의 모형도 작게 만들어져 있었다. 아름다운 남녀들이 춤을 추고 있기도 했고, 대나무를 이용해 고무줄 뛰기 놀이 같은 것을 하고 있기도 했다.

"찐징 샤오제, 샤오제도 한 번 뛰어봐."

나는 샌들을 벗어 들고 대나무 사이에서 팔짝팔짝 뛰었다.

"한국 사람이에요."

공안 아저씨들은 박수를 치며 구경하는 사람들에게 내가 한국 사람이라는 이야기를 했다.

하얀 꼬마기차가 민족촌 안을 돌아다녔다. 우리는 모두 함께 기차에 탔다. 내 옆에 앉은 아저씨의 허리춤에 있는 권총이 눈에 들어왔다.

"권총 만져봐도 되나요?"

아저씨는 곤란하다는 표정을 지었다.

"한 번만 만져볼게요. 이렇게 가까운 데서는 처음 보는 거예요."

공안 아저씨는 어쩔 수 없다는 표정을 지으며 권총을 내밀었
다. 나는 기차 밖을 향해 권총을 겨누었다.

민족촌 관람을 마치고 그들은 광뚱요리점으로 나를 안내했다.
많은 종류의 요리가 나왔다. 끝없이 계속 나오는 요리. 나의 중국
여행 역사상 가장 푸짐한 식탁이었다.

"오후에는 어디에 갈까?"

"나는 3시까지는 호텔에 돌아가야 해요. 나의 친척을 만나러
가야 해요."

"다음에 또 쿤밍에 와. 그때는 5성 호텔에서 싸게 묵을 수 있게
해줄게."

그들은 계속 새로운 요리를 권했다.

"그럼, 지금 헤어지면 다시는 못 볼 수도 있구나."

네 명의 아저씨는 순서대로 돌아가며 핸드폰 번호를 적어주었
다.

"윈난 대학은 최고의 대학이야. 유학 오도록 해. 우리에게 꼭
연락하고."

정각 3시, 중옥반점 앞에 하얀 미쓰비시 공안차가 멈추어 섰다.

“오전에는 뭐했니?”

아저씨의 아파트에는 리베이가 와 있었다.

“공안들하고 민족촌 갔었어요.”

아저씨와 리베이의 눈이 동그래졌다.

“공안이라고……?”

나는 그들에게 쿤두에서 있었던 일부터 민족촌 관람이며 점심에 요리를 먹은 일까지 들려주었다.

“너는 정말 대책이 안 서는 애야. 아무나 따라다니면 어떡하니. 그리고 쿤밍 공안이 얼마나 무서운 줄 알아? 얼마 전에도 미운 털 박힌 한국 사람을 죽여서 개죽을 끓였다는 이야기가 돌았단 말이야.”

절뚝이는 귀국길

불법 복제한 시디를 파는 상가에 갔을 때던가, 흑백사진을 찾기 위해 리베이와 현상소를 찾아다니던 때던가, 아주 잠시 절뚝이는 남자를 보았다. 어떤 종류의 마비인지 남자는 한쪽 다리를 심하게 절고 있었다. 그는 어깨에 검은 가방을 메고 항공기 할인에 관한 전단을 돌리고 있었다.

"저렇게 한쪽 다리를 심하게 절면, 기운을 써야 하는 성한 다리는 얼마나 힘들까? 출렁이고 걸으면 성한 그의 상체 여기저기도 아프지 않을까?"

아주 잠시 그런 생각을 했다. 나에게 전단을 건넨 남자는 또다른 사람을 좇아 절뚝이며 멀어져갔다.

다음날 아침 일찍 한국행 비행기를 타야 했다.

나는 호텔의 침대에서 다리를 쪼그린 채 엎드려 있었다. 무사히 여행을 마친 감회와 아쉬움, 여기저기서 인연을 맺었던 얼굴들……나는 퍽 오래 그렇게 엎드려 있었다.

"리베이에게 받기만 하고 준 것이 없네."

그녀에게 나의 머리핀을 선물해야겠다는 생각이 들었다. 연둣빛 머리핀, 핸드페인팅한 꽃과 큐빅이 박힌 화려한 머리핀.

"핀 참 예쁘다."

머리카락의 반쯤을 핀으로 올려 묶었을 때 리베이가 그런 말을 한 적이 있었다. 나는 리베이에게 이별의 선물로 그것을 남기고 싶어진 것이었다. 그래서 침대에서 몸을 일으켜 내려갔다.

오랫동안 쪼그리고 있어서 피가 통하지 않았던 내 발의 감각은 모두 소실되어 있었다. 덕분에 침대를 내려서는 순간 아주 심하게 발을 접질렀다. 아무런 감각이 없었다. 피가 발로 내려가기 시작하자 통증이 시작되었다. 깡총깡총 한발 뛰기를 해서 욕실로 가 뜨거운 물에 발을 담갔다. 복사뼈 아래에서 검은 멍이 올라오기 시작했다.

다음날 아침, 아저씨와 조선족 직원, 그리고 리베이가 배웅을 위해 호텔로 왔다.

"왜 절뚝이니?"

내 발은 검은 멍이 든 채 부어올라 있었다.

"부러지진 않았니? 치료를 받고 가면 좋을 텐데 비행기 타기가 바쁘네."

"괜찮아요, 한국 가서 치료하면 되죠. 비행기만 타면 가니까."

다정한 쿤밍의 이웃들은 내 짐을 들고 공항으로 갔다. 나는 절 뚝이며 그들의 뒤를 따라갔다.

"리베이, 이별의 선물이야. 그동안 고마웠어."

나는 호텔 이름이 적혀진 편지봉투에 넣은 머리핀을 건넸다. 그녀와 나는 다정한 포옹을 나누었다.

나는 손을 흔들며 공항을 나갔고, 그들은 다리를 끌며 걷는 나를 안타깝게 바라보았다.

다리를 절게 되니 온몸이 아팠다. 몸을 이동시키기 위해서 많은 힘을 써야 했고, 여러 곳의 근육이 딱딱하게 뭉쳤다. 똑바로 설 수가 없으니 허리도 아파왔다.

"정말 온 몸이 아프구나. 다리를 절며 사는 건 온 몸이 아픈 일이구나."

다리를 절며 한국에 돌아오게 된 것이 나에게는 어떤 징조였다. 홍수가 끝난 것을 알리며 다시는 물로 벌하지 않으리라는 약속의 징표로 무지개를 보여준 것 같은……

나는 '윈난에서 보낸 한철' 동안 내가 생각한 대로 마음먹은 대로 모든 것을 다 누렸다. 세 가지 소원을 이루어주는 동화 속 이야기처럼 내가 마음먹은 건 무엇이든지 이루어지는 여행이었다. 여행의 마지막 순간 '다리를 절면 온 몸이 아프지는 않을까?' 하는 뜬금없는 생각마저도 모두 현실로 이루어지는……나의 절뚝임은 기나긴 터널 속 삶의 종결을 알리는 '이제 내가 생각하는 것이 터널이 아니라 현실 속에서 이루어진다'는 징표였던 것이다.

나는 꼬박 한 달 동안 치료를 받아야 했다.

사랑을 잃은 남자

나에게는 화물칸으로 보낸 가방과 종이상자 외에도 짐이 많았다.

여기저기에서 사들인 소수민족의 토산품들과 친구들로부터 이별의 선물로 받은 온갖 것들이 종이가방에 가득했다. 그중에는 쩡의 어머니가 준 백족 음식도 있었다.

양손에 종이가방을 들고 절뚝이며 걷는 나는 위태로운 여자였다. 발의 통증은 줄어들지 않았고, 나의 몸은 자꾸 무거워졌다. 나는 다리를 절며 끌며 걷다가 가끔씩 멈추어 섰다. 몸의 균형을 잃은 데서 오는 곤고함을 달래야 했던 것이다.

"가방 주세요. 쓰러지는 줄 알았어요."

비행기를 타러 가면서 나는 잠시 멈추어 서야 했다. 쉬지 않고는 움직일 수 없었기 때문이었다. 그때 뒤에서 오던 누군가가 내 쇼핑백을 받아들었다. 무표정한 남자였다.

"고마워요."

"많이 다치셨나 봐요."

"어젯밤에 다쳐서 치료를 받을 수가 없었어요."

비행기 안은 할아버지 할머니들로 가득했다. 골프 관광을 나왔던 팀과 경상도 어디에서 효도 관광을 나온 팀이 섞여 있었다. 무표정의 남자는 내 좌석의 짐칸에 쇼핑백을 넣어주고 자신의 자리로 갔다.

노인들은 잠시도 쉬지를 않는다.

주변의 사람들에게 계속적인 호기심을 보이고, 자신의 경험을 들려주고 싶어한다. 그들은 호시탐탐 때를 노리다가 기회를 놓치지 않고 말을 건다. 인천행 비행기에서 내 옆자리에 앉은 할아버지 역시 마찬가지였다.

"유학생인가? 다리는 다친 거야?"

"여행중이었어요."

"우리는 김해에서 왔어."

비행기가 인천에 도착했을 때 나는 할아버지의 가족관계, 젊은 시절 직업, 어떠어떠한 사람들 몇 명이 함께 관광을 온 건지, 앞으로의 여행 계획, 한때의 로맨스까지 알고 있었다. 내 손에는 명함도 한 장 들려 있었다.

나는 사람들이 비행기에서 빠져나가길 기다렸다가 나와야 했
다. 다시 나타난 무표정의 남자는 내 쇼핑백을 짐칸에서 꺼내 들었
다. 나는 그와 함께 짐을 찾는 곳으로 갔다.

"여행?"

나는 가방이 나오는 곳을 바라보고 있는 그에게 물었다. 무표
정한 얼굴이 찡그러지며 이마에 주름이 잡혔다.

"그냥 한 일주일 쿤밍에 있었어요."

그는 말할 때 인상을 많이 쓰는 타입이었다.

"재미있으셨어요?"

"그냥……가만히 있었어요."

그는 다시 무표정으로 돌아갔다. 짙은 그의 눈썹이 가끔씩 움
찔거렸다. 슬퍼 보였다.

"실연 당해서 여행 온 분위기예요."

"글쎄요. 여행을 해도 정리되지 않는군요."

"정말 실연 당했군요. 왜 채였어요?"

"능력이 없어서죠. 사랑하지만 널 견디지 못하겠다. 나를 사랑
하지만 다른 남자와 결혼할 수밖에 없다는……."

나의 보라색 슈트케이스가 컨베이어 벨트를 타고 나왔다. 테이

프를 덕지덕지 붙인 종이상자도 따라 나왔다.

"짐이 많군요. 어떻게 가실 건가요?"

"공항버스 타야죠. 집이 청주거든요."

그는 절뚝이는 나를 위해 청주행 버스가 서는 곳으로 짐을 옮겼다.

"세상의 모든 헤어짐은 사랑하지 않기 때문이에요. 사랑하는데도 헤어지는 법은 없어요. 그 여자분 더이상 당신을 사랑하지 않는 거예요."

나는 힘들게 청주행 버스에 올랐다.

그후

배춧국으로 하루하루를 연명하며 방바닥에 붙어살았든 어쨌든 간에 그것도 내 생의 한철이었다고 인정한다. 나는 터널 속에서 보낸 날들이 있었기에 어디에서든 '다만 고여 있음'으로 살아낼 수 있었다고 믿는다. 고여 있은 그곳이 바로 생(生)이라는 것을 나는 이제 알고 있다. 나는 살아가면서 만나게 될 모든 한철을 나의 생으로 흡수할 것이다. 그래서 나는 강하다.

짝사랑의 끝

짝사랑의 끝은 허무하다.

불을 품은 듯, 칼날을 잡은 듯, 사람을 휘몰아가 병들게 하다가도 막상 그 끝은 시시하다.

짝사랑도 체질인지 나는 여러 번 그 짓을 했다.

잠 못 들고 그리워하다가도 침을 바닥에 뱉는 모습을 보고 돌아섰고, 훤한 사람 옆에선 그의 얼굴이 너무 검고 돼지 같아 마음 접기도 했다. 오락실에 나란히 앉아 게임을 하다가 나보다 먼저 죽어버려 싫어지기도 했다. 그래서 나는 연애의 시작을 모른다.

"잘 다녀왔니?"

"죽여주는……그런데 다리를 다쳤어."

귀국 후 그와 몇 차례 지지부진한 통화를 했다. 아마도 한 번쯤은 만나 몇 개의 불법복제 시디를 건네기도 했을 것이다.

그후 퍽 오래 연락이 없었던 그가 어느 날 새벽 전화를 했다.

"안 잤니? 뭐하니?"

"어디야?"

"나 중국 왔어. 아버지 공장에. 온 지 한 달쯤 되나. 네 생각이 많이 나네."

"죽은 줄 알았어."

"죽을 뻔했지. 여기 사무실 전화번호 알려줄게. 전화해."

나는 침묵했다.

"적어. 부른다."

그는 꼭 세 번 그렇게 말했다. 나는 끝내 침묵했다.

"알았다. 잘 지내라."

그날 밤 나는 슬프기도 했다.

세상의 모든 헤어짐은 더이상 사랑하지 않기 때문인 걸.

터널 그후

"너는 어떻게 그들과 쉽게 친구가 되니?"

내 여행담을 들은 사람들은 늘 묻는다.

"혹시 불순한 의도로 너에게 친절을 베푼 건 아닐까?"

윈난에서 내가 가장 많이 들은 말은 '넌 한국 사람 같지 않아' 였다.

한국 사람 같지 않아. 나는 그것이 부지런하지 않다는 말이라는 것을 안다. 나는 부지런히 여행하지 않았다. 나는 다만 고여 있었다. '그들은 모두 이용하려고만 해' 라고 표현되는 중국 사람들 속에서 친구를 만날 수 있었던 건, 다만 고여 있음 때문이었다는 것을 알고 있다.

"아직도 터널 속인가요?"

나는 이제 더이상 터널 속에 살지 않는다.

여러 곳에서 보낸 한철을 수집하며 생은 다른 곳에 있지 않을까 기웃거리던 나는 시나브로 터널 속에서 나와 있었다.

나는 터널 속에서 보낸 날들을 부끄러워하거나 고통스러워하지 않는다. 그리고 추억하지도 않는다. 생이 다른 곳에 있을 거라고 생각하지도 않는다. 배춧국으로 하루하루를 연명하며 방바닥에 붙어살았든 어쨌든 간에 그것도 내 생의 한철이었다고 인정한다. 나는 터널 속에서 보낸 날들이 있었기에 어디에서든 '다만 고여 있음'으로 살아낼 수 있었다고 믿는다. 고여 있은 그곳이 바로 생(生)이라는 것을 나는 이제 알고 있다. 나는 살아가면서 만나게 될 모든 한철을 나의 생으로 흡수할 것이다.

그래서 나는 강하다.

베이징에서 온 편지

중국을 동경하게 된 최초의 계기는 펄벅이었다.

『베이징에서 온 편지』

나는 펄벅의 다른 어떤 소설보다도 『베이징에서 온 편지』를 좋아했다. 사랑했던 중국 남자에게서 오는 편지, 그리고 미국에서 성장하는 그 남자의 혼혈아 아들.

나도 얼마 전 베이징에서 온 편지를 받았다.

"나는 가게를 열기 위해 베이징으로 왔다. 오랫동안 이곳에 머물게 될 것 같다. 이제 나의 가게는 리지앙, 쿤밍, 베이징, 세 곳이 된다. 찐징 네가 이곳 베이징으로 와주었으면 좋겠다. 기다리겠다."

나는 영어를 하지 못하는 청도의 사장이 누군가에게 부탁을 해서 보냈을 그 메일을 읽고 답장을 쓰지 않았다. 그는 똑같은 내용의 메일을 계속 보냈다.

아마도 그의 친구이자 점원인, 내가 첫눈에 반한 사내였던 '펑'이 그런 메일을 보냈다면 간헐적 우울과 약간의 대인기피증을 여전히 앓고 있는 나는 심각하게 베이징행을 고려했을지도 모른다.

　난, 한국에서 버틸 운명인가 보다.

生은 다른 곳에―려강기행

ⓒ 김보경 2003

초판인쇄 | 2003년 7월 1일
초판발행 | 2003년 7월 10일

지 은 이 | 김보경
펴 낸 이 | 김정순
펴 낸 곳 | (주)북하우스
출판등록 | 1997년 9월 23일 제1-2228호

주   소 | 110-795 서울시 종로구 운니동 98-78 가든타워빌딩 802호
전자메일 | editor@bookhouse.co.kr
홈페이지 | www.bookhouse.co.kr
전화번호 | 741-4145~7
팩   스 | 741-4149

ISBN 89-5605-060-0 03810
* 잘못된 책은 바꿔드립니다.